― 長編官能小説 ―

たかぶりマッサージ

< 新装版 >

美野 晶

竹書房ラブロマン文庫

目次

第一章　マッサージに濡れる女王

「あー、軽くなったよ先生……」

中年男性が革張りのベッドから立ち上がり、腰を回して言う。

「褒《ほ》めてくれるのはありがたいけどな、もう少し痩《や》せないとろくなことにならんぞ、だいたい腰痛だって太り過ぎが原因だろう」

院長である国田伍郎《くにだごろう》が他の患者の背中をマッサージしながら、顔だけを上げた。

その顔に深いシワが刻まれた伍郎は、マッサージや鍼灸《しんきゅう》、整体を主とした『くにだ整骨院』の院長だ。

今年で七十歳になるが、眼光鋭く、その腕前はスポーツ選手などにも頼られている。

「おい雄太《ゆうた》……電気のブザーが鳴ってるぞ」

「はいっ、すぐ行きます院長……」

受付に治療の補佐にと、雄太は忙しく動き回っていた。

白衣を着た雄太は、別のベッドの患者さんの背中についた電気治療器のパッドを外していく。

「こんにちはー」

すると受付の方から、新しい患者さんの声がした。

「はいっ、今行きますっ、このまま院長が来るのをお待ち下さいね」

うつ伏せの患者さんに声をかけてから、また受付に戻る。

診療時間中、狭い院内を雄太は忙しく走り回っていた。

「おい、雄太、ちょっと来い」

また別の患者さんの施術をしている祖父から声がかかった。

「すまんね有藤《ありとう》さん、ちょっと勉強に協力してもらっていいかな……」

ベッドにうつ伏せの患者さんに伍郎が声をかける。

「ああ……いいよ……俺で役に立つんなら。なんならパンツも脱ごうか」

有藤さんは数十年来、整骨院に通っている患者さんで、伍郎とは友達のような関係だ。

「パンツはいいけどよ、背骨を見せてくれ……おい雄太、ここを触ってみろ」

背中にかけられたバスタオル越しに、雄太は有藤さんの背中を触った。

「背骨がずれているのがわかるか？」

「左にずれてるね……」

確かに背中の真ん中辺りの骨が少し歪《ゆが》んでいる。

「そうだ……これが肩こり腰痛の原因だ。何度言っても、変な姿勢で机仕事するからだな」

伍郎が呆《あき》れ気味に言いながら、有藤さんの身体を起こし、彼の上半身を捻《ひね》るようにして骨を矯正していく。

筋肉を指や手で解《ほぐ》すマッサージの技術も素晴らしいが、骨盤や背骨の歪みを調整する整体の技術も伍郎は名人級だ。

「ひどいなあ伍郎さん。せっかく実験台になったのにその言い草かよう、ふぐっ」

ゴキッという骨の鳴る音がして、有藤さんが息を詰まらせた。

骨の調整は危険も伴うので、修行中の雄太はまだ見ているだけだ。

「よし……戻った。触ってみろ」

有藤さんの文句を無視して祖父が言う。

同じ箇所を触ると、確かに背骨が真《ま》っ直《す》ぐに伸びていた。

「これが正常な状態だからな。有藤さん、姿勢とあと酒には気をつけてな」

最初のうつ伏せの状態に戻った有藤さんに、祖父が声をかけた。

「へいへい。しかし良かったな伍郎さん、孫の雄太くんが戻ってきてくれて」

伍郎は雄太の父方の祖父にあたる。

雄太の両親は幼い頃に事故で他界していて、雄太は伍郎と、去年亡くなった祖母に育てられた。

幼い頃から伍郎が人々を治療する姿を見続けてきた雄太は、高校を卒業後、鍼灸やマッサージの専門学校に進み、卒業後はしばらくの間、スポーツをしている人の疲労や故障を診《み》るスポーツマッサージの専門院で働いていた。

しかし祖母が亡くなり、伍郎の生活のことも心配だったし、いずれはと思っていたので、ここで修行をすることにしたのだ。

「なに言ってんだよ、俺も歳で自分の仕事もしんどいのに、こんなひよっこの面倒を見させられて大変だぜ」

伍郎は不満げに言っているが、自己管理もきちんとしている彼は、齢《よわい》七十を過ぎても驚くほどエネルギッシュに毎日治療に励んでいた。

「けっ、ほんとうは嬉しいくせに素直じゃねえなあ……痛《い》てええええっ」

余計なことを言った有藤さんが、どこかのツボを押されて絶叫している。

「ここが痛いってことは肝臓の疲労だな……」

祖父はグリグリとそこを押し続け、有藤さんはずっと絶叫している。

学校でも習ったことのないツボも祖父は無数に知っていた。

（ひよっこですいませんね……）

こんな祖父だが、雄太は施術者としても人間としても尊敬していた。

両親が他界し、雄太がこの町に来て二十年近くが経つが、患者さん以外にも祖父を慕《した》ってやってくるご近所さんは多い。

両親のいない雄太がとくに不自由もなく大人になれたのは、祖父母とご近所の人々の思いやりのおかげだと感謝していた。

「すいませーん」

また受付の方で声がした。

「はーい、今いきます」

雄太は元気よく返事を返した。

夜、雄太は整骨院とは別にある伍郎の自宅にいた。

別にあるとは言っても、歩いて二分ほどの距離だから、通いというほどでもない。

「どうだ……調子は……」

自宅の居間にある、往診用の組み立て式マッサージベッドにうつ伏せになっている幼なじみの麻美《あさみ》に、雄太は声をかけた。

麻美は整骨院の隣家に住む大学生で、彼女とは兄妹のような関係だ。

「うん……まあまあかな……」

子供の頃から泳ぎがうまく、市の大会などで優勝をしていた麻美は、中学生の頃には一番得意な平泳ぎで、全国大会に出場するような選手になった。

「そうか、腰は？」

脚のふくらはぎにたまった疲労を、膝の裏に流すようにマッサージしていく。

これはヨーロッパなどでスポーツ選手に対して行われるマッサージの、一般的なやり方だ。

「うーん、すぐによくはならないよ……まだ六割くらいかな……」

高校生のときは全国の壁に苦しんでいたようだが、大学に入ってから急にタイムを伸ばし、日本代表入りも期待されていた。

そんな麻美だったが、二年前、大学一年の冬に交通事故に遭《あ》い、腰を骨折してしまった。

日常生活には支障はないのだが、力を入れて泳ぐと腰に痛みが走るらしい。練習は続けているが、大会などには出場していない状態だ。

「六割か……」

麻美の腰のケアは、祖父に指導を受けつつ、雄太が担当していた。

時間をかけるマッサージになるので、患者の多い整骨院ではどうしても無理がある。今、この時間も祖父は整骨院で予約の患者さんの施術をしていた。

「あ……痛いよ……雄太」

歳は四つ下だが、麻美は雄太のことを呼び捨てにしている。

子供の頃から、どこか飄々《ひょうひょう》とした性格で、雄太を軽く見ているふしがある。

「すまん……もう少し緩《ゆる》くするよ……」

ふくらはぎから太腿《ふともも》に移りながら雄太は言った。

脚のマッサージはクリームを塗って素肌の上からするのだが、少し日焼けした麻美の肌はすべすべとしていて、何も塗らなくてもいいのではと思うほど、滑りが良かった。

「まあ……ただでやってもらってる立場ですからねー、贅沢《ぜいたく》は言えませんけれど」

わざとらしく敬語を使って麻美はうつ伏せのまま、首だけを捻ってこちらを向いた。

二重の瞳は大きく、鼻筋も通っていて可愛らしい顔立ちの麻美は、美人スイマーとして雑誌に紹介されたこともある。

ただ子供の頃から知る雄太は、妹としか思えず、女として意識したこともなかった。

「そんなことを言うのなら、もっと力を入れましょうか、お客さん」

だから、ショートパンツで健康的な太腿を全開にした彼女を診ていても、別に心が騒ぐこともなかった。

「いいよ……お祖父《じい》さんに告げ口するから」

淡々とした口調で麻美は返してきた。

怒っているでも笑うでもなく、彼女の性格はほんとうに掴みどころがない。

「はいはい、すいませんね。失礼しました……」

雄太はもっともデリケートな腰のマッサージに移行する。

実際、麻美の腰はあまり状態が良くなく、祖父の腕をもってしても、すぐに痛みを取ることは難しいらしい。

(なんとかしてやりたいんだけど……)

欧米式のスポーツマッサージの修行も積んできた雄太だが、自分の技術のなさがほんとうにくやしかった。

「まあ……いつもマッサージしてもらって感謝はしているよ」

照れくさいのか、顔をベッドに伏せたまま麻美は言った。

祖父にとっても孫同然の麻美から、毎回、治療費をとるわけにはいかないが、ご近所の患者さんも多い手前、ただというわけにはいかない。

だから、日々のケアは雄太の練習相手になってもらうという形で行っているのだ。

「早く力が出るようになるといいな」

雄太は両手で丁寧《ていねい》に、彼女の引き締まった腰の辺りを揉《も》みながら言った。


「おはよう、祖父ちゃん……ふああ……」

眠い目を擦《こす》りながら、雄太は二階から居間に下りてきた。

家では院長ではなく、子供の頃からと同じように祖父ちゃんと呼んでいる。

「うん？　どこか出かけてるのか……」

古い家で、こじゃれたリビングなどはなく、畳敷きの居間の向こうが台所になっているのだが、どちらにも祖父の姿がない。

朝食は祖父が、夕飯は雄太が作ることになっているが、散歩にでも行っているのだろうか。

「しょうがないなあ、また年寄り連中に捕まってるのか……」

毎朝、散歩に出かける祖父が、近所でゲートボールをしている老人たちと話し込んで帰ってこないことはままあった。

とりあえず珈琲《コーヒー》でも飲もうと、雄太は座卓の前にある電気ポットの電源を入れた。

「ん？」

座卓に目をやると白い封筒が置かれていた。

封筒には達筆な字で『雄太へ』と書かれていた。

「なんだよ、改まって」

筆まめで書道の心得もある祖父は、年賀状まで手書きする人だが、孫宛に改まってこんな手紙を書くのは珍しい。

雄太は首を捻りながら、封筒を開いた。

『雄太へ、急だが昔の仲間に会いに台湾や東南アジア、インド辺りまで行って来ようと思う。その間、整骨院は休みにして、お前は勉強に励め。生活費や小遣いはいつもの口座から好きに使え、早ければ一ヶ月ほどで戻ると思う』

ぶっきらぼうに用件だけが便せんに書かれていた。

「なんだよ、それっ」

そう言えば、祖母が存命の頃もふらりと整骨院を休んで、しばらくどこかに行っていることがあった。

その時に祖母から聞いた話だと、昔から研究好きで、高名な整体師などがいると聞けば、台湾や中国、はてはヨーロッパまで学びに行くことがあったらしい。

ここ数年はそんなことはなかったが、またなにか変なスイッチが入ったのかも知れない。

「あれ、もう一枚」

別の便せんがあり、そこには追伸と書かれている。

『お前は診療はするな、整骨院の戸棚の中に施術法を書いたノートがあるから、それで勉強しておけ。友達なんかに練習台になってもらうのは構わんが、お金は絶対にもらうなよ、お前の力で料金をもらうなんぞ許さん』

厳しい言葉でそう書かれていた。

「ひでえなあ」

ぼろくそに言われて雄太は頭を掻《か》くが、自分にはお金をもらえるほどの技術がないことは、雄太自身もわかっている。

「何ヶ月もどうしろって言うんだよ」

昔消えたときも、二週間と言って数ヶ月間帰ってこなかったことがあった。

おそらく今回もしばらくは帰ってこないだろう。雄太は途方に暮れて、頭を掻いた。

「はい、すみません……院長がしばらく留守にしておりまして……はい」

整骨院の入口には休診の張り紙をしてはいるが、電話の問い合わせや遠方からの患者の予約電話はしょっちゅうある。

祖父が消えて三日が経つが、雄太はその対応にずっと追われていて、練習など出来る状態ではなかった。

「まあ凄腕だってことは認めるよ」

受話器を置いて、雄太は受付のイスの背もたれに身体を預けた。

電話がとにかく多く、祖父がいかに信頼されている整体師であるかがわかる。

どうしてもという患者には、数名いる祖父の弟子で開業している人の整骨院を紹介していた。

「はいはい……」

また電話が鳴り、雄太は受話器を上げた。

『院長さんはいらっしゃいますか』

電話は女性の声だった。

「申し訳ございません、院長は今、海外に研修に行っておりまして、しばらく当院はお休みすることになりました」

女の声はずいぶんと若い気がするが、老若男女に幅広く祖父の患者はいる。

『えっ、じゃあ特別マッサージは出来ないの？』

電話の向こうの女の声色《こわいろ》が明らかに変わった。

(特別マッサージ？)

聞いたことのない言葉に雄太は首をかしげる。

「申し訳ございません、どこかとお間違えじゃあ」

特別マッサージなどと言われても、思い当たる節がない雄太は、丁寧に問い返した。

『くにだ整骨院ですよね、院長は国田伍郎さん……。ちょっと、やってもらわないと困るんだけど』

電話から聞こえてくる声がだんだんきつくなってきた。

「確かに、くにだ整骨院で院長は伍郎ですが、特別マッサージと言われても」

もうわけがわからず、雄太はしどろもどろになった。

「いいわ、もう直接聞くから」

ほとんど怒鳴り声で女は言うと、電話をいきなり切った。

「直接って誰に聞くんだ……祖父ちゃん、携帯も持ってないのに」

元から携帯電話を所有していない祖父が、外国で持っているとは考えにくい。

不思議に思いながら、雄太は受話器を置いた。


「あー、そろそろ帰るか……」

夜になり、問い合わせの電話もかかってこなくなったので、自宅に戻る準備を雄太は始めた。

「今日も練習どころじゃなかったな」

近所には友人、同級生も多いので、練習台になってもらうことも出来るのだが、電話が多くてそれどころではない。

改めて雄太は祖父の信頼が厚いことを思い知った。

「俺もいつかは祖父ちゃんレベルの人間にならなきゃなー」

その生きた見本がいないのが困ったところだと、雄太は一人呟《つぶや》いた。

「ちょっと？　誰もいないんですかっ」

受付の灯《あか》りを消そうとしたとき、入口のドアを乱暴に叩く音がした。

休診しているからドアは施錠してある。

「まっ、まさか、電話の女……」

その声と乱暴なしゃべり方は、昼間の特別マッサージをしてくれと言った女に似ている。

「直接って、ウチに直接来るってことかよ……」

相手が刃物とかを持っているような人だったらどうしようか、とびびりながらも、大声を出しているのをそのまま放っておくわけにもいかず、雄太は恐る恐るドアを開けた。

「まったく、どれだけ呼んだら出てくるのよ」

ドアを開けると、身長の高い女が毛皮のショートコートを着て立っていた。

雄太は身長百七十三センチだが、ほぼ同じくらいで、カールがかかった黒髪に目鼻立ちの整った美人だ。

「あ……あれ……」

厚めの気の強そうな唇に赤いルージュを塗った女の顔に、雄太は見覚えがあった。

「豊田梨々子《とよたりりこ》……女子プロレスラーの……」

今年で三十歳になるはずの梨々子は、女子プロレスラーの中では細身でしなやかな身体を持ち、華麗な空中殺法が売りの実力派レスラーだ。

プロレス界の女王と呼ばれる彼女は、ルックスの方も抜群で、Gカップと言われる巨乳を持ち、よく男性雑誌などを賑わせていた。

スポーツマッサージを修行してきた雄太は、いろいろなジャンルのスポーツを見るように心がけているので、衛星放送で試合を見たことがあった。

「豊田さんだろ、呼び捨てにすんなっ」

梨々子は、いきなり雄太の頭を力強く引っぱたいてきた。

頭が割れるかと思うような衝撃の中、雄太は梨々子が女王と呼ばれているのは、実力だけでなく、女王様気質の性格からもきているという話を思い出していた。


「ふーん、じゃあ院長は外国に行ってるんだ……」

待合室のイスに座り、梨々子は雄太が出した日本茶をすすりながら言った。

珈琲も紅茶も飲まないから、お茶を出せと向こうから命令してきた。

「あら、このお茶美味《おい》しいじゃない……」

「それはどうもありがとうございます」

まだ痛む頭頂部を撫でながら雄太は愛想笑いをする。

「まあ、このくらいはウチの若い子なら当たり前だけどね」

持ち上げておいて落とすようなことを平気で梨々子は言う。

こういうところが、女王様と言われるゆえんなのかもしれない。

「それで、あんたは特別マッサージは出来るの？」

二重の大きな瞳を鋭く光らせて、梨々子はぐいと睨《にら》みつけてきた。

「いえ、その名前を聞くのも初めてです」

本物の迫力と言おうか、雄太はその視線だけで、背筋に冷たいものが走った。

「なんなのそれ、あなた弟子でしょう、名前は」

「はい？」

いきなり言われて雄太は戸惑う。

「名前よ、名前っ」

梨々子はいらついた様子で細身のパンツを穿《は》いた脚を組み直す。

「く、国田雄太ですけど、それがなにか……」

「国田？　じゃあ院長との関係は」

「ま、孫です……」

どうしてこんなことを聞かれるのかわからないが、梨々子に見据えられると、なんだか喉元に刃物を突きつけられているような気がして、身体がすくんで、とっさに答えてしまう。

「孫？　どうりで似てるわけだ」

昔から雄太は祖父と顔立ちが似ていると言われ続けていて、実際に大人になればなるほど似てきていた。

「孫ならお祖父さんにある程度習ってるでしょ、ちょっとやって見せて」

梨々子はそう言うと、勝手に待合室にある三人掛けのイスに横になった。

中に入ったときにコートも脱いでいるので、カットソーとジーンズだけの姿で梨々子はうつ伏せになる。

やはりスタイルは抜群で、ところどころ筋肉が盛り上がりながらも、ヒップはムッチリとしていて柔らかそうだ。

「はあ……ここで、ですか？」

「早くしなさい」

有無を言わせない口調に雄太は梨々子のふくらはぎから揉み始める。

特別マッサージと言われても意味がわからないし、普段、祖父がしているマッサージ以外で思いつくのは、自分が修行してきたアスリート用のスポーツマッサージぐらいだ。

「ちょっと、それが院長に習ってる、マッサージ？」

驚くほど弾力の強い筋肉に驚きながら、太腿へと指を移そうとしたとき、梨々子が不機嫌そうに起き上がった。

「じゃあいいわ、そういうマッサージは会社のトレーナーでも出来るから」

自分からしろと言っておいて勝手な梨々子に少し腹が立つが、逆らっても半殺しにされるのが落ちだ。雄太はぐっと怒りを飲み込んだ。

「お祖父さんって、弟子がけっこういたわよね」

イスに座り直しながら梨々子は言う。

「はい……十人くらいはいたと思いますが……」

高齢になった最近では、弟子は自分くらいだが、雄太が子供の頃には、整骨院の二階に住み込んでいたお弟子さんもいた。

「私、十日後の日曜日に大きな試合があるの、その後の火曜日に来るから、特別マッサージが出来る人を探すか、あなたがお祖父さんに習っといて」

あくまで梨々子は自分の要望しか言わない。

「いや、でも祖父は海外で携帯も持って行っていないですし」

慌てて断ろうとすると、梨々子はいきなり雄太の手首を摑んできた。

「いたたたたた」

腕をねじり上げられ、肩の関節を一瞬で極《き》められた雄太は、激痛に絶叫して床に膝をついた。

逃げようにも痛みが強すぎてどうにもならない。

「こっちは切実な問題なの。あんたが死ぬ気でなんとかしなさい、じゃないと今度は腕を折るからね」

ドスの利いた声で言うと、梨々子はようやく雄太の手首を放した。

「いてて、そんな無茶苦茶な……」

しばらく痛みに肩を擦ってから顔を上げると、梨々子はもう入口のところにいた。

「じゃあね火曜日、頼んだわよ」

突き刺すような冷たい瞳を向けて、梨々子は帰っていった。

『いやあ、わからないね……僕も針や整体、あとは普通のマッサージだけしか習ってないね、レベルは高いけどね』

『特別マッサージ？　うーん、国田先生の技術は全部特別と言えば特別だから、その患者さんによく聞いてみればいいんじゃないのかなあ』

　雄太は心当たりのある祖父の弟子たちに連絡をしてみたが、皆、同じような答えが返ってきただけだった。

「特別マッサージってなんだよ……」

　受付のイスに座り、雄太は頭を抱えていた。

「あとはこれを当たるしかないのか……」

　受付の奥にある祖父の机の横に大きな戸棚がある。

　そこには、筆まめな祖父が技術を書き止めた二百冊近いノートがあった。

　祖父が整体師を始めた頃から、憶《おぼ》えた技術を書き留めたり、資料をスクラップして貼り付けたりしていた物だ。

「でもなあ、特別と言われてもなあ……」

　針の点穴、人体の構造、はては脳のことに至るまで、驚くほどの知識や技術が書き綴《つづ》られているが、誰も行っていない未知の技術かといえば、そうではないような気がした。

「豊田さんの電話番号を聞いておけば良かった」

　梨々子に電話をしてどんな内容かを聞けばいいのだが、さっさと帰ってしまったので聞きそびれてしまった。

それと不思議なことに患者の住所録を見ても、梨々子の名前が一切出てこないのだ。

彼女は本名で活躍しているとネットにも出ていたから、別の名前で登録されているということもないはずだ。

「あの人、ほんとうにウチの患者なのかな……。そう言えばいつも夜にって……」

特別マッサージをしてもらうために、夜遅くここに来たと梨々子が言っていたのを雄太は思い出した。

祖父は一ヶ月に何度か、時間外のマッサージを頼まれたと言って、帰宅が夜中になることがあった。

「その時に特別マッサージをしていたのかな……」

しかし、祖父がいない今は確認のしようがない。

途方に暮れた雄太は、なにか手がかりを探さなければと、祖父専用の机の引き出しを開けた。

「ん？　なんだこれ……」

机の中には文房具や、書道に使う硯《すずり》などが収められていたが、一番下の引き出しに、数冊のノートが入っていた。

「マル秘って、なんだそれ……」

ノートには大きく秘と書かれ、それが丸で囲んであった。

「秘密にするくらいなら書かなきゃいいのにな……」

だが小学校に入ったときから日記をつけていたという祖父なら、書き残さずにはいられなかったのかもしれないと思いながら、雄太はページをめくった。

「な、なんだこりゃ……」

一番とナンバーの振られたノートの中には、女性の乳房や秘裂の絵が描かれ、丁寧に愛撫の方法が書かれていた。

最初のページには、

『女性を性的な絶頂に導くことで、身体を究極にリラックスさせる、これが性感マッサージの極意である』

と書かれていた。

「性感マッサージ？　ええっ」

驚きに目を見開いたまま、次のノートを見ると、大昔から伝わるという房中術《ぼうちゅうじゅつ》の資料が書き写されていた。

房中術とは性医学であり、セックスの快感をもって人体を活性化させ、ひいてはそれが健康に繋《つな》がることなどが書かれていた。

「なんで、こんなことを……」

自分が習ってきたこととはまったく異なるアプローチで、人間の身体を癒《いや》していく方法論を、雄太はいつしか夢中で読みふけっていた。


「来たわよー、いるー？」

約束の火曜の夜、整骨院の前にタクシーが停まったかと思うと、梨々子が現れた。

「こ、こんばんは……」

診療用に白衣に着替えて待っていた雄太は、頭を下げた。

「この前はごめんね……大きな試合前で気が立っててさ」

上着を脱いだ梨々子は申し訳なさそうに両手を顔の前で合わせた。

雄太もネットで見たが、梨々子は見事タイトルマッチに勝利していた。

「それより、豊田さん……特別マッサージって、もしかして性感を刺激するマッサージですか？」

恐る恐る雄太は聞いてみる。

確かにこの前とは違い、梨々子にピリピリした雰囲気はないが、性感などという言葉を出して違っていたら、また怒りだすかもしれない。

「あれっ、私、言わなかったっけ」

びっくりした顔で梨々子は言った。

(驚きたいのは、こっちだよ……)

自分がどれだけ悩んだと思っているんだと、雄太は言ってやりたかった。

「わかったんなら出来るよね、今日はあなたにやってもらおう」

機嫌がいいのか、梨々子は声を弾《はず》ませている。

「い、いやっ、でも僕も祖父の資料を見ただけですし、へたくそだったら腕を折られるんでしょ？」

五冊あった性感マッサージの資料を熟読し、頭の中で何度もシミュレーションを繰り返したが、今、恋人がいない雄太は実際に試す相手がいない。

これればかりは男の身体で試すことも出来ないし、まさか麻美を練習台にするわけにいかず、やってみないとどうなるかわからないという有様だ。

「まさか、ほんとうに折ったりしないわよ。でも、断られたら折っちゃうかも……」

不気味な笑みで梨々子は言った。

「わかりましたよやりますよ、でも期待はしないで下さい……ただ一つだけ」

施術をする前に雄太はどうしても聞いておきたいことがあった。

「豊田さんはなぜ特別マッサージを受けるようになったんですか？」

ただ単に疲労回復だけの効果なら、前回彼女が言っていたとおり、通常のマッサージや骨の矯正などでいいだろう。

なのになぜ性感を刺激するのかわからなかったし、それに祖父が欲求不満の解消のためだけに、性感マッサージをするとは思えなかった。

「最初は先輩レスラーに教えてもらったのがきっかけだったんだけどね、私はさ、大きな試合の前になると、動きをよくするために減量したり、あと当然だけど激しい練習もするんだ」

待合室のイスに腰を下ろし、梨々子は話しはじめた。

「そうすると身体も心もどんどん男性化してくるんだよ、野性に返るって言った方がわかりやすいかな……試合の時はいいんだけど、ずっとそれだと持たないんだよ」

雄太もスポーツマッサージを学んでいたときに、女子選手が過酷な練習をしすぎて数ヶ月も生理が止まることがあると聞いた。

梨々子にそのまま当てはまるというわけではないだろうが、近いものがあるのかもしれない。

「女の身体っていうのは、その……」

ここで梨々子が初めて恥ずかしげに頬を赤くした。

女子プロレスの女王が見せた少女のような顔に雄太は一瞬どきりとした。

「イッたりすると女性ホルモンがたくさん出るんだよ……だから大きな試合の後はここでホルモンをたくさん出して、身体と心のバランスをとるんだ」

祖父のノートにも書かれていたが、女性は性的絶頂を迎えることによって、かなりの量の女性ホルモンを分泌するらしい。

満足したあとは、肌がつやつやになるというのはホルモンの効果だ。

「わかりました、ありがとうございます。うまく出来るかわかりませんけど、精一杯やらせていただきます」

彼女がどうしても特別マッサージを望む理由を理解した雄太は、施術者として、梨々子に応えてやりたいと思った。

雄太は丁寧に頭を下げ、診察室のドアを開いた。

「お待たせ、準備出来たわよ」

施術用のベッドを囲んだカーテンから顔だけを出して梨々子が言った。

「はい」

雄太はカーテンを開けて中に入る。

そこには白いブラジャーとパンティだけの姿の梨々子がいた。

「そ、その格好でいつもしているのですか……」

白のハーフカップのブラジャーとパンティ姿の梨々子の肉体は、たまらなく妖艶《ようえん》だ。

色がぬけるように白く、ブラジャーのカップの上からは柔らかそうな肉がはみ出している。

肩周りは筋肉が大きく盛り上がり腕や太腿も筋肉質だが、ほどよく脂肪が乗っていてあまりマッチョな感じはしない。

プロレスラーというのは男女を問わずある程度脂肪がないと、マットに叩きつけられた時にショックを吸収するクッションがないので、故障しやすくなるらしい。

「そうよ……どうせ最後は裸になるしね」

もう開き直っているのか、梨々子は身体をくるりと一回転させた。

ヒップもムチムチと丸くかなり女性的だが、お腹のところだけは鍛えられた腹筋が浮かんでいた。

「そうですか……」

ノートに書かれていた技術は性器を直接指で刺激するものが多かったから、当たり前のことなのだろうが、若い雄太はドキドキしてしまう。

普段から水着に近い衣装の彼女だが、下着になると女の魅力が満開になったような感じがした。

「では肩から解していきますので、まずは座って下さい……」

ノートに書かれていたとおりに、雄太は普通の肩揉みから始めた。

ベッドに座った下着姿の梨々子の肩を普段よりも弱めに解していく。

この肩揉みは相手の緊張をとるのと同時に、自分の指を女性の肌に馴染ませるのに必要らしい。

「素晴らしい筋肉ですね、弾力があって柔らかくて」

なるべく声をかけながら、雄太は筋肉を解していく。

声をかけることも、ノートに書かれてあった。

以前は恋人もいて、セックスの経験もある雄太だが、性感マッサージのノートを見れば見るほど、自分の愛撫は乱暴で見当違いのものだと思い知らされた。

「あー、院長にもよく言われたわ、ストレッチや身体のケアも気を遣《つか》っているからかな……あ、あなたも肩のマッサージ上手よ」

「ありがとうございます……」

肩もだいぶ解れ、梨々子の緊張も緩んできたように思えた。

「次は首にいきますよ」

ここからがいよいよ本番だ。

雄太はノートに書かれていた首筋のツボを指で刺激する。

「あっ、ちょっと強いよ……」

梨々子は前を向いたまま言う。

親指でグイグイ押す感じではなく、後ろから複数の指で、首の前や横にあるツボを同時に軽く揉んでいる感じなのだが、それでも強かったようだ。

「わかりました……」

さらに力を抜いて、雄太は指を動かす。

「あ……そう、いい感じ……はん……」

親指以外の全ての指が、梨々子の首筋に触れているだけといった状態なのだが、明らかに彼女の息が荒くなってきた。

「肌も綺麗なんですね……」

首だけでなく、耳の後ろや耳たぶまで指でくすぐるようにマッサージしていく。

「そんなこと言わないでよ……キズも多いでしょ……」

確かに肩や背中には細かいキズが目立つが、色が抜けるように白く、触り心地も滑らかだ。

「キズなんか気にならないくらい、美しい肌ですよ……豊田さん……」

ノートに書かれてあったとおりに言葉でのコミュニケーションを大事にしながら、雄太はあくまで丁寧に、首から上を刺激していた。

「あ、はあん、梨々子でいいよ」

何かもどかしげに梨々子は、ほどよく引き締まった腰をくねらせ始める。

「あ……そろそろ下にも……」

甘えた声を出して梨々子は首だけを回して見つめてきた。

大きく二重の瞳はなにやら妖しく潤んでいた。

「わかりました……」

雄太がなかなか、首より下に触れなかったのは、梨々子に自ら刺激を求めさせるためだ。

焦《じ》らされることで、女体がさらに敏感になるらしい。

「あ……はああん……ああ……いいよ、上手」

脇の辺りを同じように、四本の指でくすぐるように刺激すると、梨々子は背中をのけぞらせて喘《あえ》いだ。

もう声は完全に女のものに変わっている。

（すごいな……祖父ちゃんの技術……）

経験豊富なわけではないが、雄太はセックスの最中も、こんなに女性を感じさせたことはないと思った。

かつての恋人のクリトリスや膣を刺激したとき以上に、梨々子は燃え上がっているように思う。

ノートとは別に房中術の資料もあり、それにも目を通したが、書かれてあったように、梨々子が反応しているのがわかる。

「そろそろ、コレを取りましょうか？　それとも着《つ》けたままのほうがいいですか？」

ブラジャーの肩紐を引っ張って雄太は言う。

あくまで梨々子にどうするのか決めさせるつもりだ。

「ああ……外すに決まってるでしょ、じゃないと、ここにきた意味ないじゃない」

女王らしく強気な言葉を使っているが、息は荒くなり、声は明らかに艶《つや》を帯びていた。

「すいません……気が利かなくて……馴れてないですから」

一応謝りながら雄太は、梨々子の真っ白な背中の中央にあるホックを外した。

「あ……」

梨々子の小さな喘ぎと共に、レースのあしらわれたカップが落ち、巨大な乳房が飛び出してきた。

（すげえ……）

興味を抑《おさ》えきれずに、彼女の肩越しに覗《のぞ》き込むと、柔らかそうな肉房が二つ、ブルブルと弾んでいて、こんもりと盛り上がった乳輪の先にもう勃起した乳首があった。

形も美しく色の白い乳房と、やや大粒の乳首のコントラストが、なんともいやらしく感じた。

「おっぱいを揉んでいきますね」

「あ……うん……あああ……」

ノートに書かれていた用法に従い、雄太は大胆に餅をこね回すように巨乳に手を食い込ませる。

「あ、はあああん、あああっ、激しい、くうん」

充分に昂《たか》ぶった女体には大胆な責めも有効なようで、思惑通りに梨々子はさらに息を荒くしていく。

「あん、ああん、乳首も、ああん、お願い」

このマッサージのときはいつもそうしているのか、梨々子は大胆におねだりをしてきた。

リングに女王として君臨する姿からは信じられないが、案外、Mっ気があるのかもしれない。

「乳首ですね……」

ときには流れに任せることも大事だと、ノートには書かれていた。

祖父の直筆の絵で描かれていたとおりに、雄太は焦らすように乳頭を爪先で軽く掻いた。

「はああん、そこっ、あああん、あああっ」

パンティ一枚で座る身体をくねらせ、梨々子は喘ぎ続ける。

ムチムチとしたヒップが、革張りの施術用ベッドの上でよじれ、なんとも艶《なま》めかしい。

(だめだ……俺が見とれちゃ……)

妖艶な梨々子の姿にいつの間にか興奮している自分を、雄太は心の中で諌《いさ》めた。

ノートの最初の書き出しにも大きな字で、施術者は色香に溺れてはいけない、挿入などもってのほか、と記されているのだ。

「だいぶリラックスしてきましたか？　梨々子さん」

話しかけながら、雄太は指先で乳首を捻ってみた。

「はああん、もうずっとしてるよう、あああん、はああん」

まだ乳房を責めているだけだというのに、梨々子はもうイッてしまうのではないかと思うような悶えっぷりだ。

「ああっ、くうう、下も、はああん」

耐えかねたように、梨々子は言う。

パンティだけの下半身はピンクに染まっていて、大きくくねり続け、足の裏もほとんど床に着いていない。

「ではパンティを脱いで下さい」

冷静な口調で雄太は言う。

あくまで自分は施術をしてるのだと、強調をするためだ。

「う……うん……」

梨々子はベッドから腰を浮かせると、躊躇《ちゅうちょ》なくパンティに手をかける。

白いパンティが下がると、しっかりと密生した陰毛が現れ、甘い牝《めす》の香りがむんと診察室に広がった。

「ああ……もう……」

足の指に引っかかったパンティをまどろっこしそうに、梨々子は引っ張って脱いだ。リング上の姿しか知らない彼女のファンが見たら、卒倒してしまうかもしれないような姿だ。

「ああ……早くう」

切なげに腰をくねらせる梨々子を誘《いざな》い、ベッドの上にゆっくりと仰向《あおむ》けにさせた。鍛えられた太腿は筋肉の盛り上がりがすごいが、その上に脂肪が乗っているため、ねっとりとした感じがして、たまらなく淫靡《いんび》だ。

「すごく濡れてますね、さあどちらからにしましょうか？」

開き気味の太腿の付け根に、濃いめの陰毛が生い茂り、その下に秘裂がぱっくりと口を開けている。

小さめのビラビラの真ん中に、ピンク色をした肉厚の媚肉《びにく》が見え、半透明の愛液にまみれてヌラヌラと輝いていた。

「ああ、意地悪、ああん、中がいいよう」

「はい……」

今度は焦らさずに、雄太は右手の人差し指と中指を秘裂に挿入する。

粘り気のある愛液と共に、柔らかい膣肉が指を食い締めてきた。

「はああん、あああっ、すごい、ああん、そこっ、ああん、弱いの」

膣の中程から奥に向けて擦るように刺激すると、梨々子はもうセクシーな唇を大きく開いてよがり狂う。

しっかりと筋肉のついた上半身が反《そ》り返り、たわわな乳房が大きく波を打った。

「痛かったりしたら、いつでも言って下さい」

声をかけながら雄太は指のスピードを上げていく。

「ひああ、すごく気持ちいいよ雄太、ああん、初めてなんて思えない……院長の血を引いてるからかな……ああん」

潤んだ瞳を雄太に向けて、梨々子は息も絶え絶えに言った。

「ありがとうございます。素直に嬉しいです」

空いている左手で梨々子の手を握り、指責めを続ける。

こうすると女性が安心するらしい。

「ああん、もうだめになりそう、ああん、ああっ」

握った手に力を込めて梨々子は叫んだ。

力がかなり強く、正直左手が痛いが、雄太は休まずに右腕全体を使って、膣の天井部分を撫で続ける。

ここは膣の中でも快感のポイントが集中しているのだ。

「イッて下さい、気にせずに」

一度、イッたほうが女体は敏感さを増すらしいから、ここは一気に絶頂に追い上げるつもりだった。

「はああん、ああっ、ああん、イクわ、あああん、もうイク」

筋肉の盛り上がる太腿を内股気味によじらせ、梨々子は一気に絶頂に向かう。

ずっと動いている上半身の上で、小山のように盛り上がるGカップが大きく波を打っていた。

「イクうううう」

雄太の指が沈み込んでいる下半身が浮き上がり、白い身体がブルブルと痙攣《けいれん》を起こす。

腹筋の浮かんだお腹《なか》まわりも、ヒクヒクと震えていた。

「くうう、ああん、すごい、あああ」

雄太は少しの間、休まずに指を動かす。

梨々子の膣に快感を覚えさせ、刺激に対しての反応を良くするためだ。

「ああん、イクのが止まらないよう、ああん、あああっ」

長い髪を振り乱し、厚い唇から白い歯まで覗かせて、梨々子は絶叫を続けた。


「あ……あふ……」

「少し休憩しましょうか……」

絶頂のあとぐったりとしている梨々子の身体にバスタオルを掛けて、雄太は言った。

彼女の身体はかなりイキやすい状態になっているから、少しくらい休んでも、二度、三度、と絶頂を迎え、女性ホルモンを大量に分泌することも可能なはずだ。

「休憩なんかいいからさ、次はそれでしようよ」

いきなり目に光を取り戻したかと思うと、梨々子は身体を起こして雄太の股間を指さした。

さすがというか、恐るべき回復力だ。

「だ、だめですよ、セックスはしません」

祖父のノートに厳しく書かれてあった戒《いまし》めを守らなくてはならない。

「ふふ、そんなに大きくしてるくせに」

Ｇカップの巨乳をフルフルと揺らしながら、梨々子はベッドの横に立つ雄太ににじり寄ってきた。

整骨院で身につけている男性用の上下に分かれた白衣は、布が薄手のため、勃起などしてしまうと形が浮かんでしまう。

頭ではだめだと思っていても、雄太の若い逸物《いちもつ》は美人レスラーの乱れる姿に、見事に反応していた。

「どれどれ、元気そうなおチ×チンだね……あら、なにこれ大きい」

強引に雄太の股間を掴んだ梨々子は目を丸くしている。

雄太の逸物は、昔から大きめで、長さも太さも友人たちの倍ほどもあり、羨《うらや》ましがられることが多かった。

「うふふ、そのままじっとしてなさいねえ」

不気味な笑みを浮かべると、梨々子は驚くほどの早さで、雄太の足元に移動し、ズボンのホックを外した。

「うわっ、だめですって」

雄太は慌てて止めようとするが、あっさりと白衣のズボンとトランクスを下ろされってしまった。

「うわー、すごーい」

飛び出してきた肉棒を梨々子は嬉々としながら撫でている。

すでに勃起していた雄太の巨根は、子供の腕ほどもあり、隆々《りゅうりゅう》と天を突いて反り返っていた。

「うふふ、身体のほうはたいしたことないのに、ここはマッチョだねえ」

勝手なことを言いながら、梨々子はぽってりとしたセクシーな唇を大きく開くと、舌でエラの張りだした亀頭部を舐《な》め始めた。

「あふ……んん……固さも抜群ね……」

梨々子の舌がねっとりとエラの裏を這い回り、先端にある尿道口まで舐めていく。

「ううっ、梨々子さん……ほんとうにだめですって」

口では拒絶しているものの、梨々子の巧みな舌使いに身体が反応してしまい、抵抗する力が出ない。

「あふ……んん……」

それをいいことに梨々子は、唇を大きく開いて怒張を口内に飲み込んでいく。

「んん……んん……」

梨々子は飲み込んだだけでなく、頭を大きく振って、口腔の粘膜で雄太の亀頭をしごき上げてきた。

「ああ……梨々子さん……んん……」

年上の女の巧みなフェラチオに翻弄《ほんろう》され、雄太はもう気力まで奪われていた。

「あふ……はうん……じゃあ最後は私とね……」

カウパーが出るまで肉棒をしゃぶり上げたあと、梨々子はにっこり笑って、ベッドに乗った。

「だから、だめですって……」

施術用のベッドに足を伸ばして座りながら、手を引っ張る梨々子に、雄太は首を横に振った。

「女に恥をかかせるつもり？　それにフェラチオまでしたのに……」

今度は唇を尖らせて梨々子は拗《す》ね始めた。

女王様のように横暴だったり、Mっ気を見せたり、ころころ変わる梨々子だが、むくれた顔も可愛い。

「ねっ、お願い……私、このままじゃモヤモヤしたまま疲れも取れないよ」

潤んだ瞳で見上げられ、雄太はどきりとしてしまう。

その間も、たわわな乳房が身体の前で揺れ続けていて、色素の薄い乳首と共に、雄太を誘惑し続けていた。

「もう、どうなっても知りませんよ」

雄太は上も脱ぎ捨てて全裸になった。

淫靡で魅力的な梨々子を前にして、これ以上自制することが出来なかった。

(祖父ちゃん、ごめん……)

ノートの一ページ目に書かれていた戒めを破ることを詫びながら、雄太はベッドに乗り、太腿の逞《たくま》しさとは反対に、良く引き締まった梨々子のふくらはぎを摑んだ。

「あ、あん……固い……」

亀頭の先端がドロドロに溶け落ちた秘裂の入口を捉えると、梨々子は早速甘い声を上げる。

「梨々子さんの中もすごく熱い……」

肉棒をゆっくり押し出すと、大量の愛液が潤滑油の役割を果たし、拳大《こぶしだい》の亀頭がずるりとすべり込む。

「はああん、大きい……ああ……いい」

まだ膣の中ほどまで入っただけなのに、梨々子は固く勃起した乳頭と共に、たわわな乳房を揺らし、白い身体をくねらせる。

正常位で挿入しているため、ピンクの媚肉がぱっくりと口を開いて赤黒い肉棒を飲み込む姿が見え、やけに生々《なまなま》しかった。

(本番のことは書いてなかったしな……)

もちろん祖父のノートには、肉棒の挿入のことなど一行も書かれていない。

房中術の資料には書かれているのかもしれないが、そこまで読み込む余裕が雄太にはなかった。

「奥まで入れますよ」

だからここからは、自分の少ない経験に任せてするしかない。

「はああん、中がいっぱいに……ああっ、くううん」

一度イッたことで心まで溶け落ちているのか、それとも元々、性に開放的な人なのか、梨々子は色っぽい目で雄太を見つめながら、喘ぎ続けている。

「梨々子さんのアソコがきついからです……くうう」

亀頭に絡みつく媚肉の締めつけに顔を歪めながら、雄太は肉棒を最奥にまで押し込んでいく。

濡れた膣肉がグイグイと締めつけるたびに、強い快感が突き抜け、油断するとすぐにでも射精してしまいそうだ。

「はあん、奥に、くうん、すごいよ、ああん、ああっ」

亀頭の先端が膣の最奥を捉えると、梨々子の声がさらに大きくなる。

施術用のベッドに仰向けになり、がに股気味に開いた両脚を震わせ、梨々子は色っぽい瞳を向けてくる。

「梨々子さんこそ……エロいです……」

闘う彼女は凛々《りり》しく美しいが、厚い唇を半開きにして白い歯の奥から舌を覗かせる梨々子は、淫蕩《いんとう》な魅力に溢れていた。

「もっと突きますよ」

逞しい太腿をがっちりと抱え、雄太は激しく腰を振り立て始める。

快感のあまりテクニックなど気にしている余裕もなく、ひたすらに肉棒を前後させた。

「ああん、すごい、激しいよ、ああん、雄太、あああん」

もう雄太と名前を叫びながら、梨々子は雄太の手を握り締めてきた。

ピストンがあまりに激しく、たわわな乳房が、千切れるかと思うほどに梨々子の上体で踊り続けていた。

「ああ……僕も気持ちいいです、くうう、梨々子さん」

いけないいと書かれていた、自らの欲望に飲み込まれ、雄太は懸命に腰を振り立てる。

濡れた媚肉がこれでもかと絡みつき、怒張は痺れきった。

「はああん、もうイク、私、イクよ、雄太」

断続的に呼吸を詰まらせながら、梨々子が叫んだ。

彼女の言葉を肯定するかのように、膣肉が収縮を繰り返し、結合部からは怒張が引かれるたびに愛液が飛び散った。

「僕ももうイキます、くうう、梨々子さん」

最後の力を振り絞《しぼ》り、雄太はこれでもかと怒張を突き立てた。

「はああん、来るっ、あああん、イクうううう」

白い身体を梨々子はガクガクと痙攣させ、頂点へと上り詰める。

快感が強かったのか、目は虚《うつ》ろで唇は半開きになり、身体の震えが乳房にまで伝わって、柔肉が大きく波を打っている。

「僕も……くうう……出ます……」

限界を感じ、雄太は慌てて怒張を引き抜く。

亀頭部が抜けるのと同時に達してしまい、精液が前に噴き出した。

「ううっ、くうう」

ビュッビュッと白い液体が飛び出し、宙を舞う。

勢いが強すぎて、梨々子のお腹を飛び越し、仰向けに寝ていても小山のように盛り上がる乳房や、顎《あご》の辺りにまで降り注《そそ》いだ。

（まずい……殺される……）

いきなり顔面シャワーまでしてしまい、雄太は顔から血の気が引いた。

彼女が本気になったら、雄太の腕などぽっきりだ。

「あふ……いっぱい出たね……」

だが梨々子はうっとりとした表情を浮かべ、顎にまとわりついた精液を愛《いと》おしそうに触っていた。

その表情はとても満足げで、雄太はほっと息を吐《つ》いた。

「調子よくなったわ、ありがとう」

着替えを済ませた梨々子は機嫌良く雄太の肩を叩いてきた。

確かにここに来たときよりも肌は艶《つや》やかになり、顔つきがさらに柔和になったように見える。

初対面のとき、試合前だった彼女とはまさに別人だ。

「満足していただけたのなら、幸いです……」

彼女はセックスをスポーツのように思っているのかもしれないが、雄太はこうして向かい合っているのがなんとなく気恥ずかしかった。

「あと、今日のことは院長には……」

勝手に性感マッサージをしただけでなく、本番行為までしたとばれたら、違う意味で自分の身が危うい。

「わかってるって、そのかわりまた練習台になってやるから、相手してよ」

梨々子は両手でがっしりと雄太の肩を摑んだ。

こういう態度は体育会系だなと思う。

「いやあ、僕はまだ普通のマッサージも修行中の身ですし……」

雄太は目を逸《そ》らして言う。

これ以上、やばいことはしたくない。

「院長もいつ帰ってくるんだかわからないしさ、やってくれるよね」

梨々子はサディスティックな顔つきになったかと思うと、両手で雄太の肩を握りつぶすように力を込めてきた。

「いてててて、やります、いつでもしますから、離して」

激痛に絶叫しながら雄太は一瞬で降参した。

ほんとうに肩の骨が軋《きし》む音が聞こえたような気がした。

「ありがとー、じゃあね雄太、愛してるよ」

手が離れると同時にうずくまった雄太に投げキッスをして、梨々子は意気揚々と帰って行った。

第二章　テニスお嬢様の喘ぎ

「雄太ー、お願い出来るー？」

今日も整骨院で電話応対をしたあと、食事でもして帰ろうかと思っていると、隣りに住む麻美がやって来た。

「おうマッサージだろ、いいぜ」

ずっと電話番ばかりで腕がなまってきそうだった雄太は、喜んで麻美を迎え入れた。

「お祖父さん、まだ帰ってこないの？」

最初から施術を受けるつもりで来たのだろう、Tシャツにショートパンツ姿の麻美は言った。

Tシャツの胸は意外にも盛り上がっていて、かなりの巨乳であることがわかる。

「うん、まあな……先に電気をあてるよ」

どうせ誰も来ないから、とついさっきまで受付のカウンターで房中術の資料を読んでいたところだった。それを慌てて隠して、雄太は診察室のベッドを指さす。

「わかった」

ベッドでうつ伏せに寝た麻美の少し日焼けした脚に、電気治療器のパッドをあてていく。

自宅でするときは仕方がないが、整骨院ではまず電気の効果で筋肉を緩めてから、マッサージを行うほうが効果的だ。

「ひゃっ、冷たい」

電気を通りやすくするため、水で湿らせたパッドを太腿にあてると、麻美は甲高《かんだか》い声を上げた。

「大げさだな……初めてでもあるまいし」

「なにそれエッチな言い方だね、セクハラ？」

うつ伏せのまま麻美は茶化すように言った。

「まさか。セクハラしたくなるくらいに色っぽくなったら、考えないでもないけど」

そう言いながら雄太は、麻美のTシャツの腰のところを捲《まく》った。

ここはあまり日焼けしていないので、白い肌が眩《まぶ》しい。

脂肪も少なく、よく引き締まっている。ふいに男心がくすぐられた。

(なにを考えてんだ俺は……麻美に……しかも治療中だぞ)

いつものように幼なじみの治療をしているだけなのに、邪《よこしま》な気持ちを抱いている自分に雄太はびっくりした。

ここのところ毎日、房中術の資料や、祖父の性感マッサージのノートばかり見ているからかもしれないと思った。

「すいませんね、水泳ばかりのマッチョ女で」

麻美は少し嫌みの利いた口調で言う。

ショートカットでいつも化粧をしない麻美は確かに色香は少ないが、瞳は大きくて鼻筋が通り、笑うと見える八重歯も可愛らしい。

体型は平泳ぎ選手独特のものなのか、肩や胸、ヒップの筋肉が大きい。

(でもけっこう女性的な体つきなんだよな……)

肩の筋肉が大きいのはともすれば男性的な逞しさを感じさせるが、胸の筋肉が発達しているぶん、元から大きな乳房がさらに強調される。

太腿からヒップのラインも、筋肉の上に脂肪がほどよく乗って丸味を帯び、プリプリとしていた。

「ん……どうしたの？」

麻美の見事な体型に見とれてしまい、電気を流すのを忘れていた。

「いや、電気流すぞ」

慌ててごまかしながら、雄太は機械のダイヤルを回して、電流を流していく。

「なあ、麻美って、彼氏とかいないの？」

ふと気になって雄太は言った。

高校時代の麻美はかなりもてていて、彼女の大会を観戦に行ったときも、よく男子に声をかけられていた。

「それは雄太もよく知ってるでしょ、化粧もしない黒焦げ女ですから」

もてるくせに麻美が男を連れているのを見たことがなかった。

「まだ根に持ってるのかよ……あのこと……」

彼女が小学生の夏休み、毎日のように水泳のトレーニングをしていて、かなり日焼けしていた。

その頃、遊びに忙しくて久しぶりに会った当時中学生の雄太が、黒焦げだと言ってしまって泣かせてしまい、祖父からゲンコツを入れられたことがある。

「はいはい、私は黒焦げのうえに執念深い女でーす、これじゃあ彼氏も出来ません」

「なんだよ、その棒読みは」

小馬鹿にしたように淡々と言った麻美に苦笑しながら、雄太は彼女の背中が冷えないようにバスタオルを掛けた。


「強さはどうだ……」

電気治療が終わると、マッサージに入る。

「あ……うん……悪くないよ」

両脚の疲労をリンパに向けて押し出したあと、腰のマッサージに移る。

まだ筋肉が固く、あまり良くない状態であることが感じられた。

「今日はなんか……いい感じ……ん……」

腰を揉み始めてすぐ、麻美は気持ちよさげに寝息を立て始めた。

「あれ？」

いつもは痛いと言ったりする麻美が、眠っていることに雄太は驚いた。

(うまくなっているのか……俺……)

彼女が目を閉じているだけではないということは、身体中の力が抜けているから、施術者には伝わってくる。

眠ってしまうのは初めてで、それだけ麻美は雄太のマッサージでリラックスしているということだ。

（特別マッサージを憶えて、うまく力が抜けてきたのかな）

マッサージにおいて力加減はかなり重要で、雄太は強く揉むのは得意だったが、筋肉が柔らかく敏感な患者をソフトに解していくやり方は、祖父に何度指導を受けてもうまくコツを摑めなかった。

性感マッサージは、女性の身体をかなり繊細なタッチで扱うので、憶えていく過程でうまく力が抜けるようになったのかも知れない。

（なにが役に立つかわからないもんだな……）

最初はやむなく始めたことだったが、性感マッサージや房中術をもう少し真剣に勉強しようと、雄太は思った。

「ここにもツボがあるんだよな……」

うつ伏せで寝息を立てる麻美の、少し開き気味の内腿が見え、雄太はごくりと唾《つば》を飲み込んだ。

ちょうどショートパンツのすぐ下辺りに、性感を刺激するツボがあるとノートに書かれていた。

（麻美はどんな反応をするんだろ……）

彼女の女の声を聞きたいという淫らな気持ちがあったのか、それとも純粋な研究心からか。自分でもわからないまま、雄太は何かに誘われるように手を伸ばしていく。

（ちょうどここ……だよな……）

見た目に印があるわけではないが、小麦色の内腿の真ん中の辺りを、人差し指と中指で軽く刺激した。

「あ……はうん……あん……」

麻美の小柄な身体がビクッと引き攣《つ》り、聞いたこともないような甲高い声が、鼻から漏《も》れる。

「うわっ」

驚いて雄太は手を離し、麻美の顔を見た。

すやすやと眠ったままの麻美に、ほっと雄太は胸をなで下ろした。

（なにやってんだよ俺は……頭がおかしくなってるのか……）

妹同然の麻美の性感を刺激してしまった自分を情けなく思いながら、雄太は再び腰のマッサージに戻った。

「じゃあ、ありがとう、またよろしく先生」

「嫌みを言うな……嫌みを」

わざとらしい礼を言いながら帰っていく麻美に苦笑しながら、雄太は整骨院のドアを閉め、受付のイスに座った。

（麻美のあの反応……）

麻美の女の声を聞いたあと、雄太はずっと気になっていることがあった。

それはこの前、梨々子に特別マッサージを施したあと、彼女と話したときに聞いた言葉だった。

『先輩に紹介されて初めて来たときは、くすぐったいと思うときもあったんだけどさ……回を追うごとにすごく気持ち良くなってきたんだ……。そうすると触れられるだけでも声が出ちゃうの』

祖父のマッサージは、どんな感じなのかと訊《たず》ねた際の、梨々子の答えだ。

受けるたびに身体が馴染《なじ》み、呼吸も合っていくのだろう。

「じゃあ、さっきの麻美の反応はなんだ……」

雄太の指が内腿に触れたときに上がった声は、明らかに女の声だった。

「麻美のやつ、祖父ちゃんの特別マッサージを……？　そんな馬鹿な……」

彼女の家はこの整骨院に隣接しているのだから、夜に麻美がここで祖父から施術を受けていたとしても、雄太は気がつかないかもしれない。

現に梨々子が来るまで、雄太は祖父がそんな施術をしていることさえ知らなかったのだ。

「麻美が……祖父ちゃんに感じさせられているって……」

特別マッサージで喘ぎ狂っている麻美の姿を想像すると、雄太は胸の奥が締めつけられるような辛《つら》さを感じる。

同時になぜか心が熱くなり、肉棒が固くなってくるのだ。

「おかしくなったのか、俺は……」

嫉妬《しっと》のような感情を抱くほど、股間が熱くなる。

「なんでだ、麻美だぞ……？　妹みたいなものなのに、欲情しているのか俺は……」

百歩譲って、彼女が祖父に喘がされることに、自分がやきもちを妬《や》いていたとしても、それでなぜ肉棒が勃起するのか、雄太は理解出来なかった。

「あーもう、わけがわからん……」

自分自身にイライラしてきて、雄太は頭を掻きむしった。

「はい、鍼《はり》のほうですね……。では院長のお弟子さんで、鍼の上手な先生の連絡先をご案内しますね」

今日も遠方の患者から予約の問い合わせがあり、雄太は受付で忙しく応対をしていた。

「ふう……」

案内を終え、受話器を置いて雄太はため息をついた。

祖父の伍郎が姿を消して二週間が経つが、未《いま》だに連絡がないままだ。

「いつまで休むつもりなんだよ、祖父ちゃん……」

背もたれに身体を預けて呟いたとき、また電話が鳴った。

「はい……くにだ整骨院ですが……申し訳ございませんが、ただいま院長が留守で休診しておりまして……」

受話器を取り、何度言ったかわからないセリフを口にした。

『存じ上げております。失礼ですが、国田雄太さまでしょうか？　院長先生のお孫さんの……』

受話器越しに聞こえてきたのは若い女の声で、やけに丁寧な話し方だ。

「はい……そうですが、そちら様は……」

雄太も背筋を伸ばして、丁重に返す。

『失礼いたしました。私……坂下優美《さかもとゆみ》と申します、本日は特別マッサージのことでお電話を差し上げたのですが』

特別マッサージという言葉に雄太は目を剝《む》いた。

なぜこの女性が自分の名前を知り、特別マッサージのことも知っているのか。

坂下優美という名の患者は、整骨院では覚えがない。

「ええと、特別マッサージと言われましても当院は……」

『私の友人で、プロレスラーの豊田梨々子さんからお聞きしました。雄太さまも特別マッサージをなさるのですね？』

雄太を遮《さえぎ》って優美が梨々子の名前を口にする。そこでようやく雄太は合点《がてん》がいった。

要は彼女が雄太に特別マッサージを受けたことを話したのだ。

(誰にも言うなって言ったのに……)

帰るときにあれほど念を押したのにと、雄太は心の中で舌打ちした。

『私、何度か国田伍郎先生に特別マッサージを受けたことがあります。雄太さまの事情も聞いてはおりますが……どうしても明日までにマッサージを受けなければならない理由が私にはございまして』

受話器の向こうの優美の声が、少しかすれているような気がした。

（ん？　泣いているのか……）

優美はかなり切羽詰まっている感じだ。

「わかりました、ではお話だけでも伺《うかが》わせていただきます」

無下《むげ》に断るわけにもいかず、雄太は優美に会うことにした。

「ご無理を言って、ほんとうに申し訳ございません……」

清楚《せいそ》なワンピース姿の優美は、整骨院の入口に入るなり深々と頭を下げた。

電話で感じたとおり、表情がかなり深刻そうだ。

「いえ、大丈夫ですよ、とりあえずこちらに」

優美を待合室のイスに座らせると、雄太も丸イスを持ってきて向かい合わせに座った。

電話を切ったあと、どこかで彼女の名前を聞いた気がしてきた雄太は、すぐにネットで優美のことを調べてみた。

坂下優美は、海外の大会でも活躍する女子テニスプレーヤーで、もちろんバリバリのプロ選手だった。

雄太自身はテニスには疎《うと》いから名前を聞いたことがある程度だったが、大きな大会の入賞経験もあり、ダブルスなどでも活躍している。

（確かに美人だな……）

ワンピース姿で細身の優美は、屋外で試合をするテニスプレーヤーなのに少し日焼けをしている程度で、目は切れ長、唇も小さめの和風美人だ。

ただネットで見たテニスウエアを着た姿は、乳房が大きく盛り上がり、ヒップはダッシュを繰り返す競技の特性か、ムッチリとしていてかなりの重量感があった。

（これで本物のお嬢様だもんなあ……）

長めの黒髪を後ろで結び、控えめな感じで下を向いている優美を、雄太はまじまじと見つめる。

ネットで検索すると試合結果よりも、彼女のルックスに注目したサイトがほとんどで、その中のひとつに実家は由緒正しい家系で、親も会社の社長だと書かれていた。

「あの……」

梨々子や麻美とはまた違う、血筋の良さを感じさせる容姿に見とれていると、優美が遠慮がちに口を開いた。

「あ……すいません……お電話では祖父の特別マッサージを受けられたことがあると伺ったのですが……」

「はい……大きな試合の前……海外に行く前日にいつも……です」

優美は恥ずかしげに頬を染めて言う。

施術の内容が内容だけに仕方がない。

「梨々子さんから聞いているかも知れないですが、僕はほとんど特別マッサージは素人《しろうと》同然なんです……ですので、受けないほうが坂下さんのためにもいいように思うのですが……」

ワンピースのスカートの裾から、うっすらと日焼けしたふくらはぎを見せている優美に、雄太は本音で言った。

梨々子にはほとんど脅されて、仕方なく施術したが、中途半端な技術でマッサージをするのは、やはり危険なのだ。

「それは聞いております……でも梨々子さんはすごく上手だったと……ストレスも吹き飛んで翌日から絶好調だったから、私にも行ってみればと薦《すす》めてくれたのです」

消え入りそうな声で優美は言った。

(なに余計なことを言ってんだよ、あの人は……)

男友達なら文句を言って蹴りの一つでも入れてやるところだが、女王様相手だと確実に返り討ちだ。

「そうですか……。では、よろしければ、どうして坂下さんが特別マッサージを受けるようになったのか教えていただけませんか？　それも試合前に」

あきらめの気持ちでため息を吐きながら雄太は言った。

ただ、試合後に女を取り戻すために特別マッサージを受けると言った梨々子に対し、なぜ優美は試合前に施術を受けるのか、そこに純粋な興味はあった。

「私は……ものすごくあがり症なのです。昔から大きな試合の前は緊張で二日も眠れないことがありました。でも梨々子さんから、伍郎先生を紹介していただいて、その、何度かここで……」

そこまで言って優美は恥ずかしげに口ごもった。

「女性のエクスタシーですね……」

あまり隠すとかえっていやらしいような気がして、雄太はあえてはっきりと言う。

優美の顔が、爆発するのではないかと思うほど一瞬で真っ赤になった。

「は、はい……そうしたら身体の力が抜けて、気持ちは緊張していてもプレーに影響が出たりはしなくなったのです」

もうたまらないといった様子で、両手で顔を覆《おお》い隠し、震える声で優美は言った。

「もう明後日の昼には飛行機で向かわなくてはならないのです、もし断られたら私は……きっと」

切れ長の美しい瞳を涙で潤ませて、優美は急に立ち上がった。

「ど、どうしたんですか？」

驚いて丸イスから落ちそうになる雄太の両手を、優美は強く握りしめてきた。

「もう雄太さまにおすがりするしかないのです。お願いします」

切実な表情で優美は深々と頭を下げた。

「へえ、じゃあ元は身体が弱くてテニスを始めたのですか……」

美女の涙ながらの訴えを断れるはずもなく、結局、雄太は特別マッサージを引き受けた。

薄めのピンク色をしたブラジャーとパンティだけになった優美をベッドに座らせ、肩を揉むことから始めていた。

「ええ、小学校に入るまで入退院を繰り返していたので」

テニスを始めたきっかけなどを話しながら、肩の緊張を和《やわ》らげていく。

目線を下にやると、同じピンク系のレースがあしらわれたブラジャーのカップが見え、ふくよかな胸の谷間が見えた。

あまり日焼けしていないと感じたのは、元々の色が白すぎるからのようで、ウエアに守られている部分は、蒼白《あおじろ》いとも言えるほどに真っ白だ。

「では……あがり症はいつから」

「テニスで周りから期待されるようになってからです……親とかクラブのコーチとかに」

少し哀しげな声で優美は言う。

特になんの才能もない凡人の雄太にはよくわからないが、才能があるというのもいろいろと大変なようだ。

「首に移動しますね」

梨々子ほどではないが筋肉の盛り上がる肩から、手を首筋に移動させていく。

優美は素早いフットワークを得意とした守備型の選手のようで、身体全体が細めで、二の腕から下などはかなり細い。

「あ……くう……」

こちらも細身の首筋を両手の指で刺激すると、優美は切ない声を上げた。

その甲高い声は梨々子、そして麻美が出した声とよく似ていた。

(麻美もやっぱり祖父ちゃんに……？)

優美の反応がいいのも、祖父に特別マッサージを受けていたからだという気がする。

（いかんいかん、集中しないと）

ただでさえ性感マッサージは馴れていないのに、気もそぞろではうまくいくはずがない。

雄太は目の前の優美に集中し、まったく日焼けをしていない、白い脇の辺りに指を移動させていく。

「はうっ、くううん」

大きな声を上げると共に、優美は背中を引き攣らせた。

「強すぎましたか？」

あまりの声の大きさに雄太はとっさに指を離した。

「いえ……私、声が出すぎるのです……恥ずかしい」

両手で顔を覆い、優美は身体をくねらせる。

雄太はごくりとつばを飲み込み、この美女が本気で感じる姿を見てみたくなった。

（冷静にならないと……）

女たちに惑わされっぱなしの自分を、雄太は戒める。

祖父のノートを読み込むと、施術者は冷静であるべし、と何度も出てきた。

「下着を外しますね」

「はい……どうぞ……」

深呼吸して心を落ち着かせ、雄太はブラジャーのホックを外す。

肩紐もずらすとピンクのカップが下に落ち、横についたラベルに『F』という文字が見えた。

「では、仰向けでお願いします」

声をかけると優美は何も言わず、ベッドに身体を横たえた。

しなやかな細身の身体が、ベッドの上で一直線に伸びていた。

（Fカップか……確かに梨々子さんのほうが一回り大きいけど……こっちもすごい迫力……）

ブラジャーのラベルにFと書かれていたとおり、優美のバストは見事な盛り上がりを見せていた。

仰向けに寝ているのに、柔乳がほとんど脇のほうへ流れてはおらず、どんぶり鉢《ばち》を二つ伏せたような美しい形を保っている。

頂上にある乳頭も小粒で、大きいながらも清楚な感じがした。

「始めますね……」

男心を刺激する乳房に心まで取り込まれないように気をつけながら、雄太は両手で優しく乳房をマッサージしていく。

肌の張りは強いのに柔らかさがあり、なんとも触り心地が良かった。

「はあん、ああ……ああ……」

乳房の中にある感じるポイントを刺激するように揉んでいくと、優美の呼吸がどんどん激しくなっていく。

蒼白かった肌がほんのりピンクに染まり、なんとも色っぽい。

「ああん、はあああん、雄太さま……ああん」

快感に喘ぎながら優美は潤んだ瞳で見つめてきた。

「さま、はやめて下さい、僕のほうが年下なのですから」

ネットの優美の資料では二十八歳と書かれていたから、様づけで呼ばれるなど、気恥ずかしい。

「ああ……はい……では……私のことも優美でけっこうです」

テニスウエアのスコートの形に日焼けしている両脚を切なげによじらせながら、優美は言った。

「わかりました、では優美さん……乳首にいきますよ」

雄太は乳房を揉んでいた手を離し、乳房に対して驚くほど小ぶりなピンクの乳頭を、指先でこね回していく。

「はああん、雄太さん、くんん、ああん、あああっ」

最初は軽く、触れるか触れないかの程度ですでに勃起していた乳頭を責めていく。

もう性感が開発されている優美は見事に反応し、甲高い声で喘ぎ続ける。

「少しずつ、強くしますよ」

親指と人差し指でこねる動きは同じだが、力の加減を強めていく。

「ああっ、雄太さん、ああん、すごい、ああん、ああっ」

眉間にシワを寄せて切れ長の瞳を潤ませ、優美はすがるような視線を向ける。

一目見ると嫌がっているようにも感じるが、長い両脚が擦り合わされ、もうたまらないといった様子だ。

「こちらも……」

彼女の両乳首を同時に責めていた手を片方だけ離し、ピンクのパンティの股布の上から秘裂を指でなぞった。

「ああん、そこは、ああん、はああん」

布越しに指が触れただけで、優美は絶叫し背中を弓なりにする。

腰が浮かび、腹筋がうっすらと浮かんだ腹部が引き攣っていた。

（すごい反応……）

あまりに強い優美の反応に雄太は驚くばかりだった。

「脱がせますよ」

これほどよがり泣く美女を見ていると、いくら抑えようとしても男としての興奮が止まらなくなる。

最後の一枚でパンティに手をかけ、一気に引き下ろした。

「あ、だめっ、見ないで……」

清純なイメージの彼女らしい、薄毛の土手が露《あら》わになり、その下にピンク色の裂け目が見える。

一瞬、無許可で脱がせてしまったことをいけないと思ったが、優美の顔はどう見ても嫌がっているように見えなかった。

「すごく濡れていますよ、優美さん……」

雄太は愛液が外まで溢れ出している秘裂をすぐには責めずに、裂け目の両側の肌を、指で丁寧に揉む。

敏感な部分を触ってもらえそうなのに、責めてもらえないという、焦らし効果を狙ったのだ。

「あっ、いやっ、くふん、あぁん、あぁっ」

思惑通り、優美はもう身体全体をもどかしそうにくねらせ始める。

秘裂からはさらなる愛液が溢れ出し、セピア色のアナルにまで滴《したた》っていた。

「あぁ、お願いです……雄太さん」

可愛らしい唇を半開きにし、苦しそうに息をしながら、優美は潤んだ目を向ける。

女性をここまで追いつめるとは、改めて恐ろしい技だと雄太は思った。

「ここですか？」

人差し指の腹をクリトリスに軽く触れさせ、雄太は円を描くように動かす。

「ひぃいん、そこは、あぁん、あぁっ」

優美は絶叫して、自ら浮かせた腰をガクガクと上下させた。

もう何をされても感じる状態のようだ。

「ひあ、あぁん、あぁっ、待って下さい、雄太さん、お願いが……」

張りのあるFカップを大きく波打たせて悶絶する優美が、口をぱくぱくさせて訴えてきた。

「お、お尻を……優美のお尻をぶって欲しいのです」

何かあったのかと手を止めると、真っ赤な顔の優美が口に出したのは意外な言葉だった。

「お、お尻ですか？」

もちろん雄太も子供ではないから、痛みが快感に変わるマゾヒスティックな性感の持ち主がいることくらいは知っている。

ただ、この目の前の清純そうな女性が、そんな性感の持ち主だとは信じられない。

「ああ、お恥ずかしい……。でも私……すごく感じるんです……伍郎先生にも、して頂いていました」

耐えきれないといった感じで、優美はかすれた声で言った。

(そんなことまでしてたのか、祖父ちゃん……)

ノートにはあくまで女性の心のおもむくがままにとは書かれていたが、祖父がスパンキングまでしていたとは衝撃だった。

そして、なにより時間を追うごとに、欲望に崩壊していく優美の姿は圧巻だった。

「わかりました。ではうつ伏せで」

息苦しそうに上下する胸板の上で、美しい乳房を揺らしている優美の身体に手を添えて裏返しにする。

乳房に代わり、今度はウエアの日焼け跡が浮かぶ背中と、ムッチリと肉の乗ったヒップが露わになった。

「ここをぶって欲しいのですね」

わざと焦らすように、雄太はテニスで鍛えられた大臀筋《だいでんきん》の上に、ねっとりと脂肪のついたヒップを、優しくさする。

「ひ、ああん、そうです、くううん」

尻たぶを撫でているだけなのに、優美は声を引き攣らせて喘ぎだす。

焦らされることにより、肌の触覚が上がっているのだ。

「あああ、早く叩いてください、ああん、ああっ」

女性が性感を得る場所以外でも、こんなに感じているのが衝撃的だ。

重量感のあるヒップがもどかしそうにくねる姿は、たまらなくセクシーだった。

「いきますよ」

満を持して雄太は平手を振り下ろした。

「はああん、くうん」

診察室に乾いた音が響き、優美が背中をのけぞらせて喘いだ。

「まだまだいきますよ」

「はい、もっと強くても大丈夫です、ああん、ああっ」

リクエストに応え、雄太は連続で手を振り下ろす。

「ひあ、ああん、ああっ、すごい、ああん、あああ」

日焼けしていない、抜けるように白いヒップがあっという間に赤く染まる。強い連打を受けても、優美は快感の声を上げるばかりだ。

なによりの証拠に、触れてもいない膣口が開き、軟体動物のようにうごめいている。

「気持ちいいんですか、優美さん」

「はああん、いい、痛いのが、あああん、気持ちいいんです、優美はいけない子なんですう、ああん」

自分を蔑《さげす》むようなことを言いながら、優美はさらに性感を燃やしているように見える。

ほんとうに身体の芯からマゾヒストのようだ。

「そのようですね、ここもうドロドロですし……」

大人しげなルックスの優美が、快感に崩壊する姿に、雄太は心拍数が上がりっぱなしなのだが、ここは冷静を装《よそお》って、スパンキングをしていないほうの手を、濡れた肉裂に持っていく。

逆手になるので少しやりにくいが、二本の指を秘裂の中に侵入させ、膣の横壁の部分を擦り上げた。

「はああん、そこっ、ああん、ああっ、あああぁ」

膣の横側にもある女性の感じる場所を丁寧に刺激すると、優美の声色《こわいろ》が一気に変わった。

おそらくここも祖父に開発されていたのだろう。

「こっちも、いきますよ」

もちろんスパンキングも止めない。

ピシャリピシャリと連続して手のひらを振り下ろした。

「くうん、たまらないです、ああん、もう優美はだめになります」

両方の快感に翻弄され、優美は涙まで浮かべながらよがり泣く。

尻肉が衝撃で波打つたびに、うつ伏せの身体が激しく震えていた。

「いつでもイキたいときに、イッてください……」

横壁を擦る指も、平手打ちする手も休めずに雄太は言う。

「ああん、そんな恥ずかしい姿を雄太さんに見られるのですか、ああん」

うつ伏せのまま両腕でベッドにしがみつくようにして、優美は叫ぶ。

「いいんですよ、好きなだけイッて。そのための施術なんです」

自我を無くすほど喘ぎながらも、まだ恥じらいを忘れない優美に、雄太も興奮を深めていく。

（もうたまらん……）

真っ赤になった尻たぶをさらに打ちつけながら、雄太は激しく濡れた膣を責め続けた。

「ああん、はいいい、すいません、ああん、優美、もうイキますう」

ついに限界をむかえた優美が背中を大きくのけぞらせた。

「イクうううう」

うつ伏せの全身がビクビクと痙攣し、しなやかな両脚がピンと伸びきる。

媚肉も震えながら、雄太の指を締めつけてきた。

「ああ……はああ、くうん……ああ……」

小さな唇から食いしばる歯を覗かせて、エクスタシーに悶えたあと、優美はがっくりとベッドに崩れ落ちた。

「はあはあ……」

雄太も呼吸を荒くしながら、優美の秘裂から指を引き抜く。

指には大量の愛液がまとわりつき、肉厚の媚肉との間で粘液が糸を引いた。

「ああ……雄太さん……ありがとうございます……今度は私が」

うっとりと濡れた瞳で優美は身体を起こすと、雄太の白衣のズボンに手をかけてきた。

「な、なにをしてるんですか優美さん。そういうのは施術とは関係ありません」

驚いて雄太は後ずさりしようとするが、ベッドを囲むカーテンの向こうには治療用の機械が置いてあり、それ以上後ろに下がれない。

「梨々子さんから聞きました。お金もお取りにならないのでしょう、ではせめてお礼をさせて下さい」

優美は素早くズボンのファスナーを下ろしていく。

女性だがさすがに力が強く、ズボンを掴まれると逃げることが出来ない。

「それ、なんか間違ってますって、あっ」

あっという間にズボンとパンツが引き下ろされ、肉棒がぽろりと飛び出てきた。

「梨々子さんがしたお礼を、私がしないわけにはまいりません」

言葉遣いこそ丁寧だが、優美は大胆に肉棒の根元を掴み、小さな唇を彼女の色香にあてられて勃起しっぱなしの逸物に近づけてきた。

「私なんかでこんなに大きくしていて下さるのですね、嬉しい、んくっ」

隆々と反り返る雄太の巨根にも物怖《ものお》じせずに、優美は大胆に唇で包み込んできた。

「私なんかって、そんなご謙遜《けんそん》、じゃなくてですね、あうっ、うう」

温かい舌が亀頭のエラや裏筋を這い回り、雄太は思わず声を上げてしまう。

性感に溺れる女たちに驚いているが、雄太自身もかなり快感に弱かった。

「あむ……んん……んん」

裸の上半身を起こした優美はベッドの傍らに立つ雄太の腰に手を回し、大胆に頭を振り始める。

後ろで結ばれた黒髪が踊り、Ｆカップの巨乳がブルブルと揺れた。

「ぷはっ、ほんとに大きいんですね、アゴが裂けそう」

優美は淫靡な表情を浮かべたあと、丁寧に舌先で尿道口を刺激し始めた。

「あうっ、優美さん、それだめです」

舌の先を擦りつけるようにして尿道口を責められると、肉棒に痺れるような強い快感が突き抜け、雄太は声を上げっぱなしになる。

腰が震えて、膝に力が入らなくなり、ついにはカウパーまで溢れ出した。

「薄いのが出てきていますよ、雄太さん……。感じてくれているのですね」

あの清楚な美人がこんな表情を見せるのかと思うような、淫靡な笑顔が雄太を見つめてきた。

「す、すいません……男の本能でどうしようもないんです……」

「いいえ、私は嬉しいのですよ。雄太さんのなら、いくらでも舐めさせて頂きます」

優美は舌で拭《ぬぐ》うように、次々に溢れ出てくる白い薄液を舐め取っていく。同時に唇を亀頭の先端につけて吸い込む動きも見せた。

「あうっ、くううっ、優美さん……それだめです……」

まだ尿道の中にあるカウパー液を強引に吸い出され、尿道全体にむず痒い快感が走る。

初めての感覚に雄太はもう喘ぐばかりになった。

「す、すいません……私ったら、はしたない……」

腰をガクガクと震わせた雄太を見て、優美は慌てて唇を離した。

つつしみ深いのかそれとも淫らなのか、とことんわからない女性だ。

「雄太さんのコレがすごく逞しいので……つい」

ベッドの上に横座りになり、優美はチラチラと反り返ったままの肉棒に視線を送る。

「はしたないついでと言ってはなんですが……雄太さんさえ良ければ、その、最後まで」

顔を真っ赤にした優美は消え入りそうな声で言う。

「いや……しかしですね……」

「梨々子さんとは最後までなさったとお聞きしてますが……私じゃだめでしょうか」

あくまで控えめに優美は言う。

「雄太さんの大きなモノでイカせてもらえれば、緊張なんかしないと思うのです」

大きく身体を起こした優美は、潤んだ切れ長の瞳を向け、すがるような声で訴えてきた。

「こ、今回だけですよ……」

美女の懸命の願いを断れるほど、まだ人間が出来ていない雄太は、上着も脱いで全裸になった。

もちろん、彼女の身体を味わいたいという自分の欲望もあった。

(祖父ちゃん、重ね重ねごめん)

整体の仕事を志してから、祖父には一度も口答えすらしたことがない雄太は、ほんとうに申し訳なく思っていた。

しかし、男の本能が雄太から、その気持ちを奪っていくのだ。

「では四つん這いになって下さい」

ベッドの上の優美に雄太は命令口調で言った。

「ああ……犬のポーズでなさるのですね」

マゾっ気の強い優美は口では恥ずかしがりながらも、引き締まった身体を四つん這いにし、大胆にヒップを突き出す。

雄太もベッドの上に上がり、まだスパンキングの赤い跡も生々しいヒップを鷲摑みにした。

「いきますよ」

ムチムチとした巨尻の柔らかさに魅入られたように、雄太は目を血走らせて肉棒を突き出した。

「はっ、はああん、大きい、くうん」

一度絶頂に達したあともたっぷりと愛液に濡れたままの秘裂は、雄太の巨大な逸物もあっさりと飲み込んでいく。

「ああん、すごい、雄太さんの大きくて固い、ひああ、ああん」

真っ白な背中が引き攣るたびに、優美は外まで聞こえるのではないかと思うような、激しいよがり泣きを見せた。

上体の下では、大きさを増したように見える巨乳が大胆に揺れ、互いにぶつかり合っている。

「優美さんの中も、きつくて素敵です」

愛液にドロドロに蕩けていても、媚肉は絡みつくように怒張を締め上げてくる。

まだ挿入している途中なのに、亀頭からたまらない快感が突き抜けていった。

「ああん、奥に、ああっ、入って、くうん」

媚肉を掻き分けながら進んだ怒張が一気に膣奥を捉える。

「ああん、ああっ、すごい」

子宮口に鉄のように固い亀頭が食い込むと、優美は手が浮かぶほど背中を弓なりにして絶叫した。

「強くいきますよ」

雄太は大胆に腰を動かし、亀頭を最奥に突き立てる。

「ああん、すごい、ああん、私、乱暴なほうがいいんですう、あああん」

優美のマゾ性を考慮しての大胆な攻撃だったが、彼女は見事に反応し、狂ったように頭を振って喘ぎ続ける。

もう快感に飲み込まれ、ただひたすらに喘ぐばかりになっていた。

「もっと感じて下さい、優美さん」

雄太はピストンを続けながら、右の手のひらをムチムチの巨尻に振り下ろす。診察室の中にピシャリと乾いた音が響き、柔らかい尻たぶが波を打った。

「はああん、いい、もっとぶって下さい、ああん、あああ」

四つん這いのまま顔だけをこちらに向け、優美は懸命に訴えてきた。切れ長の瞳にはもう清楚な面影など微塵《みじん》もなく、ピンクの唇は開きっぱなしだ。

「わかっています……」

雄太も息を切らせながら平手を振り下ろし、腰をこれでもかと叩きつける。

「ああん、ああっ、気持ちいい、ああん、私、こんなの、ああん、初めてぇ」

快感のなすがままに、優美はよがり泣く。

呼吸が荒くなっている雄太に対し、優美は一度イッたというのにまだまだ余裕がありそうで、改めて一流アスリートの体力を思い知らされた。

「まだまだ」

しかし、ここで負けてはならないと、雄太は力の限り尻たぶを打ち、肉棒を突き上げる。

「ああん、くうん、私、もうだめになります、雄太さん」

懸命のピストンの甲斐《かい》あってか、先に音《ね》を上げたのは、優美のほうだった。

「ぼ、僕もイキそうですよ、優美さん」

肉棒を激しく動かすほどに、締めつけのきつい膣肉が亀頭のエラや裏筋に絡みつき、そのたびに下半身に痺れるような快感が突き抜ける。

歯を食いしばっていなければ、雄太もすぐに達してしまいそうだった。

「ああん、来て下さい、ああっ、私は今日は大丈夫な日ですから、ああん、ああっ」

四つん這いの身体を肉棒の叩きつけのリズムに合わせて揺らしながら、優美はまた顔だけを向ける。

「雄太さんの精子を私に下さい、いっぱい出して下さい」

切れ長の瞳を向け、優美は懸命に叫ぶ。

「はい、じゃあ最後までいきますよ、おおおお」

もう雄太はスパンキングを止め、肉棒に全神経を集中する。

股間同士がぶつかる音が響き、赤黒い怒張に引き裂かれた媚肉の結合部から、愛液が飛び散った。

「はあん、奥に響いてます、ああん、優美、もう、だめ、イキます」

彼女らしい言い方で、優美は限界を叫ぶ。

「イクううううう」

信じられないほど背中が大きく反り返り、彼女の両手が浮かんだ。

張りのある乳房がこれでもかと弾《はじ》け、大きく形を変えて踊った。

「俺も、イキます、おおっ」

雄太も同時に限界をむかえ、膣奥に向けて射精する。

さらに狭くなった膣内で怒張が弾け、粘っこい精液が放たれた。

「ああん、熱い、雄太さんの精子、熱いです。はああん、ああっ」

エクスタシーの発作に、しなやかな身体を震わせながら、優美はうっとりとした顔を向ける。

精液が迸《ほとばし》るたびに、四つん這いでベッドについた手脚がガクガクと痙攣していた。

「ああ、いっぱい出ます、ああ、止まらない」

搾《しぼ》り取るように収縮する媚肉に身を任せ、雄太は何度も腰を震わせた。

第三章　焦らされ啼く媚肉

「簡単にイカずに、お互いの気を交換するか……だめだな俺は……最後は自分が気持ち良くなることに必死だもんなあ」

夕方、仕事終わりに寄ってくれた同級生を、練習台としてマッサージしたあと、雄太はまた性感マッサージと房中術の資料を読みあさっていた。

資料には、挿入しても突きまくったりはせず繋がったまま、お互いの気持ちを交わし合い、体内の気を交換し合うことが大切だと書かれていた。

「焦らすことも大事か……」

祖父のノートにも、『相手をすぐに絶頂させず、焦らすことで快感をより昂ぶらせる』『相手の九合目を見極め、頂点寸前を繰り返すことで、より女性は深い快感を得られる』といったことなどが書き綴られていた。

「要は相手を感じろということか……」

気とか言われてもピンとこないが、感じさせるためには、よく観察し相手の反応を見ながら進めなければならない。

確かに自分が快感に溺れていては、そんなことが出来るはずがなかった。

「反省点ばかりだな……」

マッサージにもセックスにも、相手に対する思いやりが足りないのだと、雄太は、気持ちが引き締まる思いだった。

「雄太……ごめん、お待たせ……」

そのとき、整骨院の入口から麻美の声がした。

「お、おう」

今日は夜に麻美のマッサージをする約束をしていたので、資料も奥の祖父の机で読んでいたから焦ることはない。

「練習で遅くなっちゃった……」

麻美は少し俯《うつむ》き加減で言う。

今日もいつものマッサージのときと同じ、ショートパンツにTシャツ姿だ。

まだ外は少し肌寒いから、コートを羽織ってきている。

「なにかあったのか、麻美」

どことなく元気のない表情で、コートをハンガーに掛けた麻美に雄太は言った。

「え、いつもと同じだよ、私は……」

「嘘つけ、お前がそんな顔をするの珍しいだろ」

普段から飄々としていて何を考えているかわからない麻美が、顔に出すということは、よほどのことがあったように思えた。

「大学のコーチにさ、先のことをそろそろ決断しろ、って言われちゃった」

ベッドにうつ伏せになりながら、麻美はぽつりと言った。

「先って、選手としてってことかよ……」

おそらくは全力で泳ぐことが出来ないのなら、引退しろという意味だろう。

「ずいぶんと厳しい話だな」

「もうケガしてから二年以上経つからね、コーチもよく我慢してくれたほうだよ」

勉強がよく出来た麻美は特待生での入学ではないはずだが、一線級の人間ばかりが集まる大学の水泳部だから、泳げない人間を置いておく余裕はないということだ。

オリンピック選手やプロ志望の選手がいるところはどこでもそうだと、祖父から聞いたことがあった。

「で、どうするのか、決めたのか」

いつものようにうつ伏せに寝た、麻美の太腿に電極のパッドを付けていく。

張りの強い肌を触ると、この前のことが思い出されてなにかドキドキしてしまう。

「そんなのすぐには決められないでしょ」

ベッドに身体も顔も伏せたまま麻美は言った。

表情も見えないし、声にもあまり抑揚《よくよう》がないタイプだから、どこまで悩んでいるのかわからない。

(こんな時に祖父ちゃんがいればな……)

雄太は自分の力のなさを痛感しながら、麻美の治療を始めた。


「もう七時か……」

最初はひっきりなしだった問い合わせの電話も、さすがに一ヶ月も経つ頃には少なくはなってきた。

逆に、そんなことで今後も整骨院がやっていけるのか心配になるが、患者たちは皆、祖父が戻ればすぐ連絡が欲しいと言っていたから、相当の信頼関係があるようだ。

「今日は麻美も終わったし、そろそろ帰るか」

毎日のように腰の治療に来る麻美は、今日は早々にやって来て、夜からは女子会に行くと言っていた。

「まったくのんきな奴だ」

競技が続けられるかどうか悩んでいたかと思うと、笑顔で遊びに行ったり、何年付き合っても掴みどころのない性格だ。

「女子会なんて言って、ほんとは合コンだったりしてな」

そう呟いたとき、胸の奥が少し痛んだ。

「何を気にしているんだよ、俺は……」

麻美の行動が気になる自分に雄太は首をかしげた。

小学生のときからの付き合いだが、一度もそういうことがなかったからだ。

「祖父ちゃんの施術を受けてるかもと、考え出してからだな……」

いつも身近にいる麻美が、祖父の性感マッサージで女の顔を見せていたのかもしれないと想像すると、嫉妬と同時に異様な興奮も覚えるのだ。

マル秘ノートを見つけてからというもの、自分は少しおかしいと雄太は思った。

「ふう……」

静まりかえった整骨院でため息を吐いたとき、受付に置いていた携帯電話が突然鳴った。

「げっ、梨々子さん」

おかしくなるきっかけを作った女王様からの着信だ。

この前、半ば強引に番号を交換させられていた。

「出るしかないか……」

正直いやな予感しかしないが、へんに無視などしていたら、後でどんな目にあわされるかわからない。

「もしもし……」

渋々、雄太は電話に出た。

『あ、雄太、今どこにいるの』

電話の向こう側からやけに元気な声が聞こえてきた。

「え？　整骨院ですけど」

『じゃあ、今からすぐに行くから待ってて』

梨々子はいつものように勝手に言いたいことだけ言って、電話を切ってしまった。

三十分もしないうちに、整骨院の前にタクシーが止まり、梨々子が降りてきた。

「やっほー」

今日も派手目なデザインのショートコートに、ぴっちりとしたパンツにヒールだ。

極端にムキムキの身体ではないのと、華《はな》のある顔立ちだから、よく似合っていた。

「この前は、優美がお世話になったんだって？　すごい満足したって言ってたよ」

白い歯を見せて笑いながら、梨々子はコートを脱ぐ。

コートの下は紫のカットソーで、Vネックからふくよかな乳房の谷間が覗いていた。

「その件ですけどね、あれほど誰にも言わないでって……ふぐっ」

雄太が文句を言い終わらないうちに、後ろから首を腕でロックされた。

「男が細かいこと言ってんじゃないよ、それより今は誰もいないの？」

「いてて、一人ですけど……」

後ろからすごい力で顎の下を締め上げられ、雄太は苦しさに悶絶した。

「じゃあ診察室は使えるよな」

首を極めたまま、梨々子は雄太の身体を引きずっていく。

「ぐえ、締まる、くううう」

呼吸が出来ずに苦しむ雄太はされるがままになるしかなく、診察室にある施術用ベッドに連れて行かれた。

「げほ、何をするつもりなんですか……」

強引にベッドに腰掛けさせられたところで、雄太はようやく解放された。

「何って、セックスかな」

意味ありげに笑った梨々子は、ベッドに座る雄太の前に膝をついて白衣のズボンに手をかけてきた。

「ちょっと梨々子さん、ここはそういう事をする場所じゃないですよ」

いくらなんでも診察室で卑猥《ひわい》な行為ばかり出来ないと雄太が言うと、梨々子の手がぴたりと止まった。

「なによ三十にもなる女じゃ、やる気は起きないの？　私ってそんなに魅力ない？」

下ろしかけのズボンを掴んだまま、梨々子は唇を尖らせる。

「い、いや、梨々子さんはすごく魅力的ですけど……」

一見、きつそうな美女だが、感情を表に出してころころと表情を変える梨々子は、女としての可愛らしさも持っていた。

「じゃあ、いいじゃん」

突然の質問に怯《ひる》んだ隙を見逃さず、梨々子はさっさと雄太のズボンとトランクスを下げていく。

駆け引きは向こうのほうが何枚も上手だ。

「おお、しぼんでても大きいね」

嬉々としながら梨々子は、口紅の引かれたセクシーな唇を開いて、だらりとした肉棒を包み込んでくる。

「だめですって、ううっ、くうう」

剝き出しの亀頭部が温かい口腔の粘膜に包み込まれ、甘い痺れに包まれていく。

快感に喘ぐ雄太は文句も封じられた。

「もう固くなってきたよ、雄太」

下から淫靡な目で見上げながら、梨々子は丁寧に舌でカリや裏筋を舐め上げる。

ピンク色の舌が、勃起し始めた逸物を這い回る姿を見ているだけでも、雄太の興奮は高まった。

「あむ、んふ、ん、んん……」

大きな瞳で雄太をじっと見つめたまま、梨々子は再び亀頭を包み込み、頭を振り始める。

「ううっ、それだめです、梨々子さん」

柔らかい口腔が絡みついてしごき上げられ、雄太は腰を震わせて喘いだ。

「ふふ、今日は滅多にしないこともしちゃうよ」

梨々子はにやりと笑うと、カットソーを脱ぎ捨てた。

白のブラジャーも一気に外すと、たわわな柔乳が、色素の薄い乳首と共にこぼれ落ちてきた。

「な、なにをするつもりなんですか……」

あまりに大胆な梨々子の行動に雄太は戸惑うばかりだ。

「いいから、雄太はそのままじっとしてな」

柔らかそうな白い乳房を梨々子は自ら持ち上げると、雄太の開かれた太腿の間に身体を入れてくる。

そして、唾液に濡れ光る怒張を巨乳の谷間に挟み込んできた。

「くうっ、それ、だめです、ううっ」

滑らかな肌が亀頭や竿を圧迫しながら、擦り始める。

肉棒全体がマシュマロのような柔らかさに包まれる快感に、雄太は顔を歪めた。

「ふふ、ヒクヒクしてるぞ……」

梨々子はリズムよく乳房を操り、肉棒全体をまんべんなく柔肉でしごいてくる。

「こんなこと滅多にしないいんだから……感謝しなよ」

あくまでも上から目線で言いながら、梨々子は両手で乳房を真ん中に寄せながら上下させる。

「そんな……別に無理には……ううっ」

「なんだって」

きつい目で睨みつけながら、梨々子はこれでもかと巨乳を揺さぶる。

「あうっ、梨々子さん、くううう」

甘い快感に腰が震え、雄太は思わずのけぞってしまった。

先端からはカウパー液が溢れ出し、それが潤滑油の代わりとなって、快感を増幅させていた。

「ふふ、感じてる雄太の顔、けっこう可愛いな」

強く揺するばかりではなく、左右の乳房の動きをずらしたりして、梨々子は巧みなパイズリをみせる。

「あうっ、梨々子さん、くうう、出ちゃいます、ううっ」

あまりの快感に怒張が脈打ち始め、雄太は懸命に身体に力を入れて射精を耐えている有様だ。

「まだ出しちゃだめだよ、今日は私の中に出してもらうんだから」

梨々子はにやりと笑って立ち上がると、自らのパンツを脱ぎ始める。

「そんな無茶苦茶な……」

突然、膣の中でと言われ、呆然となった雄太はそう言うのが精一杯だ。

「大丈夫だよ、ちゃんと薬飲んできたから。エースである以上、勝手に妊娠なんか出来ないしね」

ブラジャーと揃いのパンティも脱いで、梨々子は裸になる。

相変わらず、筋肉と脂肪のバランスがほどよく、巨乳や濃いめの秘毛を晒《さら》して立つ姿は、たまらなく男の情欲をそそった。

「いったい、なにしに来たんですか？」

さらに雄太の白衣まで脱がそうとする梨々子に、もう呆れ顔で訊《たず》ねた。

特別マッサージをして欲しい、という様子ではないように思えたからだ。

「今日は、雄太のこれを味わいに来たに決まってるじゃん」

裸になった雄太の怒張を摑んで、梨々子は大きな瞳でじっと見つめてくる。

「私とするのはいやなの？　雄太は……」

少し寂しげな表情を見せて梨々子は軽くキスをしてきた。

「い、いやだとか、そんなんじゃないですけど……」

美人で魅力的な梨々子に切ない瞳で見つめられると、雄太はもう文句など言えなくなる。

嘘かも知れないとわかっていても、瞳の中に吸い寄せられてしまうのだ。

「やった、ありがとう！　じゃあ、雄太はそのまま寝てていいからね」

雄太の肩を掴んで、ベッドに仰向けに寝させた梨々子は、肉棒の上にまたがる形で馬乗りになる。

「今日は全部私がしてあげるよ……ん……んん」

筋肉の盛り上がる太腿が大きく開いたまま、ムチムチのヒップが沈んでくる。

パイズリで彼女も興奮していたのか、膣口はたっぷりと濡れていて、雄太の極太の怒張をあっさりと飲み込んでいく。

「あ、あああん、これ、太い……はあん」

ゆっくりと腰を沈めながら、梨々子は切なく喘ぎだす。

ぱっくりと開いたピンクの花びらの中に、赤黒い怒張が沈み込んでいくのは、なかなかに淫靡な光景だ。

「もう、奥まで、は、はあああん」

怒張が狭い膣奥を突き抜け、子宮口を捉えた。

梨々子の上半身が大きく反り返り、巨乳が波を打ちながら弾んだ。

「ああ、すごく気持ちいいよ、雄太のおチ×チン、ああ、あああん」

ぽってりと厚い唇を半開きにし、白い歯の間から湿った息を漏らしながら、梨々子は身体を上下に動かしていく。

「あ、あああん、いい、固いのが、あああん、奥に来てるよ」

大きな瞳を妖しく潤ませ、梨々子は悦楽に没頭するように、身体を揺する。

濡れた秘肉を怒張が出入りするたびに、愛液が掻き出されて糸を引き、太腿同士がぶつかるパンパンという乾いた音が診察室にこだました。

「うっ、くうう、梨々子さん、激しすぎます」

プロレスラーの体力で、大きく腰をグラインドさせ続ける梨々子の下で、雄太は快感に顔を歪めていた。

ねっとりとした媚肉が亀頭のエラや裏筋に絡みつきながら、かなりのスピードでしごき上げてくるのだ。

「あう、ううっ、梨々子さん、ううっ、こんなんじゃ、持ちません」

仰向けの身体をくねらせながら、雄太は情けない声を上げた。

しごき上げがあまりに強く、もう肉棒の根元が脈打ち始めていた。

「いつでも好きなときに、出していいよ、ああっ、もっと気持ちよくなって」

Ｇカップの巨乳を激しく揺らし、梨々子はさらに身体を揺するスピードを上げる。

互いの股間がぶつかるリズムが早くなり、結合部から愛液が噴く。

「ううっ、そんな……梨々子さん……くううう、もう駄目です」

激しい追い上げに雄太は限界に向かっていく。

怒張は痺れきり、両脚が自然とよじれだす。

「はあぁん、ああっ、雄太のおチ×チンが中でまた大きくなった、すごい、ああん」

快感の声を上げながら梨々子は腰を振り続ける。

彼女の膣全体が、これでもかと肉棒を絞り上げていった。

「ううっ、もう駄目です、イク、イキます」

限界をむかえ雄太は腰を震わせた。

「ああん、来て、あ、あああぁ」

巨乳をこれでもかと踊らせながら、梨々子は腰を休めない。

膣の中で怒張が震え、精液が発射された。

「ああん、来てる、雄太の熱いのが来てるよう……」

恍惚《こうこつ》とした顔で梨々子は膣奥で射精を受け止める。

大きな瞳はたまらなく淫靡《いんび》で、厚い唇の間から覗くピンクの舌がまたいやらしい。

「ううっ、梨々子さん、ううっ」

妖女のような表情で腰をくねらせ続ける梨々子の姿に、雄太はさらに興奮を深めながら、何度も精液を放った。


「すいません……自分だけイッちゃって……これじゃあ梨々子さん、なんのために来たのかわかりませんね」

裸のままベッドに腰掛け、雄太は頭を下げた。

梨々子は快感に喘いではいたものの、女の極みには達していないはずだ。

「あ？　何を言ってんの。これで終わりじゃないよ、若いんだから二回や三回はへっちゃらでしょ」

裸のままの梨々子は、リングで見せるような怖い瞳を向けてきた。

この顔のときの彼女はさすがというか、虎かライオンと対峙《たいじ》しているような気持ちにさせられる。

「い、いやっ、でも……」

「大丈夫、私がちゃんと元気にしてあげるから」

梨々子は一転、にっこりと笑い、雄太の前に膝をつくと、まだ少し精液の残る肉棒を舐め始めた。

「あっ、梨々子さん……そんなことまで……」

梨々子の舌の動きは精子を拭い取るような動きで、雄太の亀頭はあっという間に綺麗になっていった。

(女子プロレスの女王様が、お掃除フェラをしてる……)

プライドの高い梨々子が、舌で精液を舐め取っているというだけでも興奮するのに、それを自分にしてくれているのだと思うと、雄太はもうたまらない。

射精を終えてぐったりとしていた肉棒も、気持ちも再び燃え上がっていく。

「さすがだねえ、雄太。あっという間にギンギンだよ」

すぐに天を突いて反り返った逸物を掴んでしごきながら、梨々子は笑った。

「いいねえ、このタフさ、どうっ、私のところで働かない……専属でさ……ふふ」

大きな乳房をフルフルと揺らしながら、梨々子は意味ありげな笑いを浮かべた。

(なんだって)

その言葉を聞いたときに雄太の中で何かが弾けた。

そんな中途半端な気持ちで整体師の道に進んだわけではないのだ。

「梨々子さん……二回目は僕主導でやらせて下さい……」

もう腹を括《くく》って雄太は立ち上がる。

いくら腹が立っても腕力で敵《かな》うはずがないから、雄太なりの方法で彼女に、なんでも自分の思い通りにはならないことをわかってもらうつもりだ。

「別にいいけど、どうするの？」

頷く梨々子をベッドの上に仰向けに寝させた雄太は、テーピング用のテープを持ってきて、彼女の腕を束ねていく。

簡単には外れないようにグルグル巻きにし、手首が彼女の頭の上に来る位置からテープを伸ばし、ベッドの脚に固定した。

梨々子のパワーでも絶対に千切れないように、テープを何度も、手首とベッドの脚の間で往復させた。

「雄太って、そんな趣味あったっけ」

たわわな乳房を上に向け、両腕を頭の上で組んだ形で拘束された梨々子は言う。

仰向けで寝ていても、Ｇカップの巨乳はあまり脇に流れず、ぷっくりと膨《ふく》らんだ乳首と共にフルフルと揺れていた。

「左脚も固定しますよ」

彼女の左の足首にもテープを回し、反対側のベッドの脚にしっかりとつなぎ止めた。

「さ、さすがに、恥ずかしいな……」

両腕を頭の上でクロスし、左脚を開いて、濃いめの陰毛や、まだセックスのあとも生々しい媚肉を晒した梨々子は、切なさそうに頬を染めている。

Ｓっ気もＭっ気も持ち合わせた不思議な女性だ。

「まずは指でここを綺麗にしてあげます」

雄太は人差し指と中指を、ぱっくりと口を開いたままの膣口に挿入し、奥の辺りをくすぐるように掻き回す。

「あ、はああん、雄太、そんな触りかたしたら、ああん、ああっ」

もちろん精液を掻き出すのが目的ではなく、梨々子の身体を燃え上がらせるためだ。

まだエクスタシーに達していないせいか、媚肉がねっとりと指に絡みついてきた。

「ん？　あんまり精子が出てきませんね」

膣の天井や横壁をくすぐるように擦りながら、雄太はさっそく瞳を蕩《とろ》けさせている梨々子を見た。

「ああん、全部、子宮に入ったから、出ないよう、ああん、ああっ」

片脚だけ固定された下半身をよじらせて、梨々子は艶めかしい声で喘ぐ。

白い肌はピンクに染まり、盛り上がる肩周りの筋肉が引き攣り、腕を固定しているテープがギシギシと音を立てた。

「下のほうかな……」

今度は膣の下側、アナルとの間の筋膜を揺さぶるように指で押していく。

「はうん、そんなところ、ああん、あああっ」

何かを訴えるような目で見つめながら、梨々子は喘ぎ続けている。

(奥を責めて欲しいんだな……)

彼女が膣奥を責めて絶頂に追い上げて欲しいのだということは、雄太にはわかっている。

しかし、すぐに梨々子をイカせるつもりはない。

わがままばかり言った仕返しに、徹底的に焦らすつもりだった。

「イキたいのですか、梨々子さん」

グイグイと締めあげてくる秘裂から指を引き抜いて、雄太は微笑んだ。

「う、うん……だってイッてないんだよ……イキたいよ……」

唇を半開きにした梨々子は正直に答えているが、まだ余裕がありそうだ。

今日は、彼女が心の底から絶頂を欲するまで焦《じ》らすつもりだ。

「じゃあ、最後はコレでイキましょう」

梨々子をいじめ抜くつもりだ、というそぶりは見せずに、雄太は肉棒をしごきながら、ベッドに上がった。

「ああ……雄太の好きなようにしていいよ……」

反り返る肉棒をじっと見つめたまま、梨々子は荒い呼吸を繰り返している。

（だいぶ追いつめられているな……）

わざとゆっくりとした動作で雄太は、拘束されていない右脚まで、自ら開いている梨々子の股間の前に膝をついた。

「すごくクリちゃんが尖っていますね」

そして、すぐには挿入せず、わざと怒張をクリトリスにあてて擦り始めた。

「あ、ああん、なにしてるの、ああっ、入れるんだったら、早く」

狙いどおり、梨々子はベッドに手首を繋げているテープが軋むほど、白い身体を暴れさせている。

「入れなくても、クリトリスだけでイケるんじゃないですか？」

雄太は腰のスピードを上げ、竿の裏で肉芽を擦り続ける。

「あっ、はあああん、そんなところでイッても意味ない、ああん、あああっ」

激しく喘ぐ梨々子の声はもうほとんど叫び声になっている。

最初のセックスでは絶頂までいけず、指でも責めてもらえなかった膣奥がかなり疼《うず》いているのだろう。

「欲しいのですか、中に……」

クリトリスを擦るのを止めて、怒張の先端を膣の入口にあてる。

膣口からは大量の愛液が流れ出て、亀頭があっという間に濡れていった。

「ああ……さっきから言ってるでしょ、早くぅう、あああ」

切羽詰まった顔で梨々子は身体を揺する。

動きがあまりに激しいため、胸板の上で乳房が大きく波を打って弾けた。

（そう簡単にはイカせないよ……）

快感への渇望に身悶えする梨々子を見つめ、雄太は心の中でほくそ笑んだ。

一度、イカせたほうが媚肉は敏感になるが、今はあえてそれはしない。

追い詰めたいのは彼女の肉体ではなく心のほうだからだ。

「ああん、早く、ああん、雄太の意地悪ぅ」

彼女の声が一際《ひときわ》大きくなった瞬間、雄太は肉棒を膣内に押し込んだ。

「くうん、ああん、大きいのが、ああん、来てる」

ドロドロに溶け落ちている膣肉を固い亀頭が引き裂く。

待ちわびたように梨々子は歓喜の声を上げ、身体どころか媚肉まで震わせた。

「あ……ああ……なんで……」

だが雄太は怒張を膣の中程までで停止する。

すぐに奥までは突かないつもりだ。

「ゆっくりしたほうが気持ちいいですよ、梨々子さん」

奥まで挿入せず、入口から半ばにかけてピストンをしながら、雄太は笑った。

「あ、あんた、わざと焦らしてるでしょっ」

眉間にシワを寄せ、梨々子は鋭い目で睨みつけてきた。

いつもなら身体がすくんでしまうのかもしれないが、大きな瞳が欲望に蕩けているおかげか、あまり迫力がない。

「そうですよ。そのほうがより深い快感を味わえますし」

祖父のノートではなく、別にあった房中術の資料のほうにセックスのやり方も書かれてあった。

挿入後、すぐさま性器同士の摩擦による快感は求めず、女が身も心も怒張を求めるようになるまで焦らすやり方だ。

まずは梨々子の肉体が本能で雄太を求めるようになるのを待った。

「くうう、さっさと突きなさい、雄太」

テープを千切ろうとしているのか、腕を力一杯に梨々子は引き寄せている。

恐ろしい力がかかっているのか、幾重《いくえ》にも巻いたはずの、手首とベッドの脚を繋ぐテープが今にも千切れそうだ。

「こ、これを外しなさい、雄太」

テープが外れないとわかると、梨々子はドスの利いた声で言った。

「外したら、どうなるんですか？」

「お前をボコボコにするんだよ！」

「いやですよ、誰が外すんですか、そんなこと言われて」

平静を装って雄太は言い返した。

梨々子の強烈な脅しに正直身がすくんでいるが、あることが雄太に自信を与えてくれていた。

(すげえ、ヒクヒクしてる)

中間辺りまでしか挿入を受けていない梨々子の秘裂が、怒張を奥へ引き込もうと脈動しているのだ。

その動きはまるで別の生き物のようで、膣肉がこんなにうごめくものなのかと、仕掛けた雄太自身も驚いていた。

「ちゃんとしてよ……今なら許してあげるから……」

ついに声の力も衰えてきて、梨々子は涙目になっている。

辛《つら》そうに腰がよじれるたびに、上を向いていても大きさを失わない巨乳が、尖り切った乳首と共にフルフルと揺れていた。

（上から目線を止めるまでは、突かないよ……）

さすがと言おうか、まだまだ梨々子に余裕があるとふんだ雄太は、じっと待つことにした。


「あ、ああ……もう許してよう」

ベッドに仰向けで拘束された身体をくねらせて、梨々子は切なく喘ぎ続けている。

まだ肉棒は中ほどまで入れた状態のままで、膣口と中間をゆっくり往復していた。

「すごくヒクヒクしていますよ、梨々子さんの中……」

もう三十分ほど、膣内に挿入したまま浅いピストンを繰り返している。

梨々子の秘裂の締めつけがきついのと、熱い愛液が溢れ続けているおかげか、肉棒が萎《な》えることはなかった。

「ねえ、雄太……お願い……これ以上このままだったら私……狂っちゃう」

大きな瞳に涙まで浮かべて、梨々子は訴えてきた。

言葉の通り、表情に余裕はなく、赤らんだ肌には汗まで浮かんでいた。

「無茶ばかり言ったことを反省してくれましたか？」

上体の上で切なげに揺れる巨乳の先端に雄太はしゃぶりつく。

やや大粒の乳頭を唇で挟み、音がするほど強く吸った。

「ひあ、はああん、したわ。ああん、ごめんなさい、ああん」

腕と左脚を拘束された身体を震わせながら、ようやく梨々子の口から謝りの言葉が出た。

表情がもう少女のようになっていて、いつもの強気な面影はどこにもない。

「でもテープを切ったら、ボコボコにされるんですよね」

仰向けの梨々子の身体に覆い被《かぶ》さり、雄太は真っ赤に染まる耳元で囁いた。

「しないよう、ああん、だから雄太……奥まで突いて」

「じゃあ約束のキスです」

半開きのままのセクシーな唇に雄太は自分の唇を重ねていく。

噛みつかれるかとも思ったが、梨々子はすんなりと受け入れてくれた。

「んん……んん……ん」

梨々子は必死で唇を吸いながら、舌を絡みつけてくる。

何かにすがりつくような梨々子が、雄太はいじらしくてたまらない。

「いきますよ……」

唇を離すと、雄太は梨々子に覆い被さったまま、腰を前に突き出す。

ただ力強くではなく、怒張の形を刻みつけるようにゆっくりと。

「ひうっ、ああっ、奥っ、くうう、はあああん」

大きく開かれた太腿がガクガクと引き攣り、梨々子の全身が波打った。

梨々子の視線は宙をさまよい、大きく割れた唇から舌が覗いていた。

「イッたんですね、梨々子さん」

肉棒にこれでもかと絡みついてくる媚肉の力強さに、雄太は梨々子が絶頂に達したことを悟った。

ゆっくりと奥まで入れただけでエクスタシーまでいくとは驚きだが、資料にはそうなることもあると書かれていた。

「うっ、うん、あああ、私のアソコ……おかしくなってる……ああ」

肉体も精神も常人より遥かにタフな梨々子が、目を泳がせて狼狽《ろうばい》している。

それだけショックが大きいのだ。

「そうです、入れただけなのにイッちゃうオマ×コになったんですよ」

ゆっくりと身体を起こしながら、雄太は言った。

「ああ、どうして……ああ……す、すごく敏感になってるの……」

女子プロレスラー豊田梨々子ではなく、完全に一人の女となり、首を何度も振って不安そうにしている。

「今は何も考えないで、身を任せて下さい」

雄太は梨々子の拘束された左脚と、だらりと開かれたままの右脚を同時に抱えて、腰を使いはじめる。

「あ、あああっ、今、突いたら、ああん、ひああ、あああっ」

おそらく人生で一番敏感な状態になっているであろう、梨々子の子宮口に固い亀頭がピストンされる。

「ああっ、ひああ、ああっ、また来る、イッちゃうよう、ああん、ああっ」

テープで縛られた両腕を引き寄せながら、梨々子は背中を反り返らせる。

たわわな巨乳が大きく踊り、そのまま千切れてしまいそうだ。

「はあぁん、イク、イクううううう」

筋肉の浮かんだお腹の辺りが引き攣り、梨々子はまたもエクスタシーへと上りつめた。

「まだイケるでしょう、梨々子さん」

エクスタシーに身体を震わせる梨々子を雄太は休まずに突き続ける。

イキ始めたら肉棒の形を刻み込むつもりで突き続けるべしと、資料にあった。

（しかし……さすがにきついな……）

ただその間、男は決して漏らしてはならないとあり、肉棒を締めつけながら脈動を続ける媚肉の快感に耐えるのは大変だった。

「あ、はあぁん、だめ、もうだめ、またイクっ、イクうううう」

梨々子は絶頂を叫んで身体を震わせる。

もう完全に目は虚《うつ》ろになり、身体中から力が抜けていた。

「すごくエッチな顔ですよ梨々子さん、でもまだまだスケベになりましょう」

雄太は休まずに怒張を激しく梨々子の子宮口に叩きつけた。

「ひあ、だめ、まだイッてる、くうう、ああっ」

エクスタシーの発作がまだ続いている身体を、たわわな巨乳が千切れそうなくらいに揺れるほど強くピストンされ、梨々子は目を大きく見開く。

「ひああ、来る、また来る、ああん、イクううううう」

絶頂の上に絶頂を重ねられるような状態になった梨々子は、完全に自我を崩壊させ、テープに固定された手脚を痙攣させている。

白い内腿はビクビクと波打ち、肉棒を食い締める媚肉はずっと脈を打っていた。

「まだまだ」

梨々子を狂わせたいという欲望に流されるがままに、雄太は腰を使い続ける。

心の中に湧き上がるサディスティックな感情を抑えることが出来なかった。

「ひぐ、ああっ、もう死んじゃう、ああん、ああっ、イクっ、ひぐうう」

呼吸を止め、梨々子は絶叫を続けている。

「最後です、僕もイキますっ」

さすがにこれ以上は危険な気がして、雄太は最後の追い上げに入る。

梨々子の子宮に精液を注ぎ込み、彼女の全てを支配し終えるのだ。

「ああん、来て。くううう、私の中に、ああん、もうだめ、またイク」

このわずか十分ほどの間に、梨々子は何度エクスタシーに上りつめたか、わからない。

男が短時間にこれほど連発で射精させられたら、とっくに失神しているだろう。

　雄太は女の身体のすごさと、それを研究し尽くした祖父の資料の凄まじさを改めて知る思いだ。

「出しますよ、おおおお」

　最後の力を込めて、雄太は腰を振り立てる。

　白い柔乳が踊り、結合部から愛液が飛び散った。

「はあん、すごいの来た、あああん、雄太あああ、あああん、あ……」

　雄太の名を叫んだ瞬間、梨々子は目を見開いたまま息を詰まらせ、背中をこれでもかと反り返らせた。

「くう、梨々子さん……」

　同時に媚肉がまるで万力《まんりき》のような力で怒張を締め上げてきた。

「出るっ、ううう」

　ついに限界を迎え、雄太は精を放つ。

　瞳を虚ろにしたまま声を失っている梨々子は、身体の至るところを震わせながら、それを受け止めていた。

「あうっ、まだ出る、うううっ、くううう」

　ずっと我慢していたせいだろうか射精はなかなか収まらない。

房中術の資料に絶頂を我慢することで快感が強くなるのは、女だけでなく男のほうもだと書かれていたが、確かに肉棒が別のものになってしまったのかと思うような気持ち良さだった。

「り、梨々子さん……ううっ……」

肉棒の脈打ちに顔を歪めながら、梨々子を見ると唇を大きく開いたまま、ベッドの上に身体を投げ出したような状態になっている。

「梨々子さん？　大丈夫ですか……」

慌てて逸物を引き抜いた雄太は懸命に梨々子の身体を揺さぶった。

彼女が呼吸をしていないような気がしたからだ。

「お、起きてるよ、ああ……でも……イクのが止まらないの……ああ……まだ雄太のが入っているみたい……ああ」

意識はあるようだが、梨々子は拘束されていないほうの脚までだらりと開いたまま、恍惚《こうこつ》とした表情で天井を見上げている。

ピンク色の秘裂も小刻みに開閉を繰り返していて、中からドロリとした精液が溢れ出していた。

「ああ……私……幸せ……あああん……ああ」

腹筋を引き攣らせながら、小さな声で喘ぎ続ける女子プロレスの女王の溶け落ちた顔を見て、雄太は自分がとんでもないことをしてしまったような気がした。

第四章　濡れそぼつ清楚ゴルファー

「雄太あ、いるんでしょ、入るわよ」

今日も受付の前で電話番をしていると、鍵をかけていなかった整骨院の入口ドアがいきなり開いた。

「げっ、梨々子さんっ」

雄太は驚いてイスから飛び上がった。

焦らし責めで梨々子を半狂乱にさせてから、今日で三日が経つ。

あの後、ぼんやりとした様子のまま、雄太が呼んだタクシーで帰った梨々子とは連絡も取っていない。

(殺される……)

彼女の様子が気になってはいたのだが、いじめ抜いた自分を彼女がどう思っているのか想像すると、メールをする勇気すら出なかった。

背筋が凍りつき、脚がすくんでしまい、雄太は逃げ出すことすら出来なかった。

「どうしたの？　変な奴だな……はいこれ、差し入れ」

梨々子はにっこりと笑って、ビニール袋を受付のカウンターに置いた。

中を見ると有名焼肉店のお弁当が入っていた。

「一人だから、ろくな物を食べてないだろうと思ってさ」

少し頬を赤くしたまま梨々子は視線を外して言う。

いつもの女王様然とした彼女とは真逆《まぎゃく》の、恋する乙女のような仕草だ。

「い、いらないなら……持って帰るけど」

セクシーな唇を尖らせて、梨々子はぼそぼそと言う。

今日もけっこう派手目な服装だから、見た目と行動が合っていない。

「い、いえ、いただきますけど……梨々子さん身体の調子とかは……」

朦朧《もうろう》とする状態にまで追いつめてしまった、梨々子のその後が心配だった。

「うん、雄太のおかげで絶好調だよ、昨日も若い子五人を交代でリングに上げてスパーリングしてたんだけどさ、向こうのほうが先にバテて、もう勘弁して下さいってさ。

五人もいるのに情けない話だよ」

ここだけはいつもの梨々子に戻って、カカカと豪快に笑った。

「そうですか……それは何よりです」

とりあえず梨々子の体調がおかしくなっていないことに、雄太は胸をなで下ろした。

「じゃあ、今から私、テレビの仕事なんだ、もう行くわ」

照れ笑いをしながら、梨々子は入口のドアを開いた。

「それは忙しいのに、どうも……」

待たせていたタクシーに乗り込む梨々子を見送りながら、雄太は首をかしげた。

(ずいぶんと遠回りだよな……)

梨々子の団体の道場から、都心にあるテレビ局に行く途中に、整骨院に寄ったのだとしたら、かなり迂回《うかい》しなければならない。

殴られなかったことにはほっとしたが、なんのために梨々子はここに来たのだろう。

彼女の行動を、雄太は不思議に思うばかりだった。


「いや、ごめんな雄太くん、楽になったよ」

夜、昔から近所に住むおじさんの腰を雄太はマッサージしていた。

「いくらだい……」

ひと通り終わって、上着を身に着けたおじさんが、財布を取り出そうとする。

「だから、言ったじゃないですか、練習に協力してもらってるんだからお金はもらえませんって……」

祖父が姿を消して一ヶ月以上が経過したころ、近所の人から、雄太に体を見て欲しいという依頼が多くなった。

祖父の弟子の整骨院に行ってもらうにしても、お年寄りが多いので遠い場所まで簡単に行ってくれと言うわけにもいかず、症状の軽い人は雄太の練習台になるという形で、ただで診察することにした。

「そうか……祖父さんに言われてるのか……じゃあ今度、お礼代わりにうなぎを食べに連れて行くよ、それならいいだろ」

白衣姿の雄太の肩を叩きながら、おじさんは言う。

他のご近所さんたちも、断ってもお礼にと、色々な差し入れをしてくれるので、ほとんど買い物にも行っていなかった。

「はい、楽しみにしてます……」

さすがにおじさんの気持ちを無下《むげ》にするわけにもいかず、雄太は頭を下げて入口から出て行く後ろ姿を見送った。

「おい雄太くん、表にえらい別嬪《べっぴん》さんが立ってるぞ、彼女か？」

出たと思ったおじさんが、すぐに戻ってきた。

「えっ、誰ですか……」

麻美の顔は彼も知っているし、梨々子は確か地方に試合に行っていると現地からメールが来ていた。

「え……どちら様？」

あとは優美かと思って外に出てみると、まったく見覚えのない女性が立っていた。

「あ……綾野堂《あやのどう》……さん……」

見覚えがないというのは嘘になる。

ただ雄太が知っているのは、テレビや雑誌の中の彼女だ。

「お、お忙しいところ申し訳ございません……院長先生はいらっしゃいますでしょうか……」

丁寧に頭を下げたショートボブの黒髪と、上品なブラウスと七分丈《たけ》のパンツ姿の女性は、美人ゴルファーとして人気の綾野堂岬《みさき》だ。

弱冠二十歳でプロテストに合格した岬は、賞金ランキング上位の常連で、大きな大会でも活躍している。

それ以上に世間の注目を集めているのは美しい容姿で、色白で手脚が長いモデル体型の上に、乳房やヒップが大きい。

（しかし……美人だな……）

よく雑誌などで女優顔負けと書かれているだけあり、瞳は切れ長ですっきりとし、鼻も高くて唇も整っていた。

ほんとうにこのまま、映画のスクリーンの中に立っていてもおかしくないように思えた。

「じゃあ、あとは若いもん同士でな……」

「いやっ、お見合いじゃないから……」

勝手なことを言って帰ってゆくおじさんに、雄太は思わず突っ込みを入れた。

「すいません……私が突然……」

頬を赤くして、岬は下を向いてしまう。

こういう恥ずかしがり屋なところが、ゴルフファンのおじさま達に人気らしかった。

「いえ、それよりわざわざお越し頂いたのに申し訳ございませんが、院長はしばらく留守にしております」

整体の依頼だと思われるが、まだ雄太に現役プロ選手の身体を引き受けるような力はない。

それは自分が一番わかっていた。

「えっ、それでは特別マッサージは受けられないのですか？」

赤くなった顔を上げて岬は言った。

「と、特別マッサージですか？　あなたが……」

驚きに目を剝いて雄太は聞き返した。

お嬢様の優美以上に、彼女のもつ清楚なイメージと、性感マッサージはかけ離れている。

「は、はい……ゴルファーの先輩に教えて頂きまして……その……私の悩みも解消できるはずだと……その……」

もじもじと太腿の前にある手を閉じたり開いたりしながら、岬は震える声で言った。

「と、とりあえず、中でお話しをお聞きしましょうか」

整骨院の前で、うつむいて顔を真っ赤に染めた美女と雄太が話をしているので、道行く人々が振り返っている。

周りに知り合いが多すぎるのも、こういうときは考えものだ。

「はい……」

雄太が整骨院のドアを開くと、岬が小さな声で頷いた。

「一応、誰かが入ってこないとも限りませんから、鍵を閉めますね」

雄太は、岬に許可を得てから整骨院の入口を施錠した。

話が話だけに、他の邪魔が入らないようにするためだ。

「あの……それで特別マッサージは、受けられたことはないのですよね」

待合室のイスに座って頷いた岬と正対する場所にイスを置き、雄太も腰を下ろした。

「マッサージの内容はご存じの上で、ここに来られたのですか……」

何度、岬を見ても性感マッサージとイメージが結びつかない。

それならば院長がいないからわからないと断ればいいのだが、口に出せなかったのは岬の美貌に、雄太が魅入られていたからかもしれない。

「はい……だいたいのことは……先輩に教えて頂きました……」

彼女の真っ赤になった顔が、すべてを物語っているように思えた。

「いやでも、あのマッサージは、故障や疲労とは関係がないものですし……。受けるべき理由があるのでしょうか」

人気と実力を兼ね備え、まさにスター選手とも言える岬がなぜ性感マッサージを受ける必要があるのか、雄太は知りたかった。

理由によっては、いかに女優並みの美人であっても断るつもりだ。

「私……男性恐怖症なんです……」

両手をぎゅっと握りしめて、岬はつらそうに言った。

「男性恐怖症？」

「はい……男性が近くに来ると身体が緊張して固くなるのです……」

「では今も……」

雄太が言うと、岬がこくりと頷いた。

「す、すいません……どのくらい離れればいいですか」

慌てて雄太は丸イスごと後ろに下がった。

「いえ、大丈夫です、身体が緊張するだけですから、でも普段はそれでもいいのですが、試合となると」

確かにゴルフは繊細な力加減が必要なスポーツだから、身体が固くなっていたら成績も伸びないだろう。

「では試合のときは、どうされているのですか？」

「試合が終わるまでは、なるべくギャラリーのほうには近寄らないようにしておりますが、男性のキャディさんとかに後ろに立たれたりしたら、まともにショットも打てず……いつも自分のキャディさんに壁になってもらっています」

　辛そうにぼそぼそと岬は言う。

　男性恐怖症でギャラリーを避けるように歩いているのを、皆が恥ずかしがり屋と勘違いしているのだ。

「事情はわかりましたが……特別マッサージで男性恐怖症が治るものなのでしょうか？」

　男が近くにいるだけでも緊張するという岬の症状が、性感を刺激されたことで改善するようには思えなかった。

「男の人の手で自分を解放すればあるいはというのが先輩の意見です。今まで色々な治療も受けましたが同じで……だからわらにもすがる思いでここに来たのです」

　切れ長の美しい瞳を涙でいっぱいにして岬は言う。

　清楚な女性の涙に雄太は弱い。

「わかりました……努力はしますが、私は院長ほどの技術はないということ、それと本当に効果があるかどうかはわからないことを了承していただければ」

　先に伍郎と自分の関係や、整骨院を閉めている事情については説明してあった。

「わかっています……もし効果がなくても不満は言いません」

潤んだ瞳を真っ直ぐに向けて岬は言った。

「すいません、着替えが終わりました……」

診察室のベッドの前で待っていると、ハーフパンツとTシャツに着替えた岬が現れた。

男性恐怖症の彼女をいきなり下着姿にするわけにはいかないため、楽な服装に着替えてもらったのだ。

「では肩のマッサージから始めます」

いつものようにベッドに患者である岬を座らせ、後ろから肩を揉み始める。

「はい……」

素直に頷いた岬だが、Tシャツ越しに雄太の手が触れた瞬間、筋肉が硬直していくのが伝わってきた。

確かにこれではボールも思う方向に飛ばないだろう。

「無理かもしれませんが、なるべく力を抜いて下さいね」

「はい……申し訳ございません……」

それが出来るくらいならここには来ていないのだろうが、岬は小さな声で謝った。

「謝らなくてもいいのですよ、それより綾野堂さんの普段の身体のケアは、やっぱり女性のかたがされているのですか？」

余計なことを言ってしまったと後悔しながらも、雄太は態度には出さずに、話題を変えて話しかけていく。

その間もずっと手を動かしているが、まだ筋肉は緊張したままだ。

「岬でけっこうです……名字が長いので、昔から皆さん下の名前で呼ぶので。私は専属のキャディさんもトレーナーさんも、みんな女性です」

岬の声に少し張りが出てきた。

心の緊張が、少しましになってきたのかもしれない。

「では岬さん……たいへん失礼な質問かも知れませんが、恋人は？」

「いません……中学からずっと女子校でしたので、いたこともありません」

岬は即座に首を振って否定した。

（やはり処女か……）

男性恐怖症なのだから当たり前かもしれないが、おそらくは性経験もないのだろう。

確かに手が触れただけでこんなに緊張していては、セックスなど無理だ。

（さて、どうしたものか……）

房中術の資料には処女の相手をする方法も書かれていたが、それは直接挿入する場合の話だ。

祖父の性感マッサージのノートには、特に処女を相手にする場合の方法は記されていなかった。

「首に移動しますよ……」

何一つ対策を思いつかないまま雄太は、岬の首筋にある性感のツボを刺激していく。

「あ……」

指先が直接、首に触れると、岬は少しだけ声を上げる。

特に感度が鈍いというわけではなさそうだ。

(しかし……固いな……)

肌に直接、雄太の指が触れたことで、岬の筋肉がさらに硬直したように感じる。

これでは性感のツボもあまり効果がない。

房中術にしても性感マッサージにしても、重要なことは女性が心を開いて快感を受け入れることなのだ。

「脇に移りますね……」

首を諦め、雄太はTシャツの上から岬の脇の辺りを丁寧に刺激していく。

「んん……」

時折、切なげな声を漏らしたりはするものの、岬は梨々子や優美のように強い反応を見せることはない。

（二人は、祖父ちゃんのマッサージを経験してたんだもんなあ……）

自分はすでに伍郎によって性感に目覚めた人間を喘がせていたのに過ぎないと、雄太は情けなくなった。

「すいません……」

いくら刺激しても身体を固いままの岬にもう触れていられず、雄太は手を離してしまう。

「自分の力足らずです……」

打ちのめされた雄太はがっくりとうなだれて言った。

「いえ……こちらこそ……私が無茶を言ったばかりに国田さんを傷つけてしまいました」

前を向いたままの岬から、すすり泣くような音が聞こえてきた。

「いえ、祖父なら何とか出来たと思います、全ては自分の……」

傷つけたのは自分のほうだと、雄太は言った。

「国田さん……私……どうしてもお願いが……」

ベッドに腰掛けていた岬が突然こちらを向いた。

やはり切れ長の瞳からは涙が流れて、頬に筋を作っている。

「な、なんでしょう、僕に出来ることならなんでも……」

すがるような彼女の瞳に雄太は驚いてしまった。

「お願いです……私を女にして下さい……そうしたら男性も平気になると思うんです」

かすれた声でそう叫ぶと、岬はベッドの上に乗り、雄太にしがみついてきた。

男性恐怖症が直っているわけではないので、肩が小刻みに震えている。

「そ、それはあなたの初めての相手に、なるということですよね。本当に好きな人が出来るまで取っておいたほうが」

女優よりも美しいと言われる岬なら、自分なんかよりもずっとましな男がいると思える。

「そんなのいつになるかわかりません……それに無理を言った私に嫌な顔もせずに、ずっと心配してくれた国田さんになら……」

そこまで言って岬は濡れた瞳でじっと見つめてきた。

ほんとうに澄んだ美しい瞳で、雄太は心の昂《たか》ぶりを押さえきれない。

「でも……」

「お願いします……もう国田さんに頼むしかないんです……」

長い両腕で岬は懸命にしがみついてきた。

まるで子供が母親を離すまいと懸命に抱きしめる姿のようだ。

「わかりました……でも僕の言う通りにして下さい……いいですか？」

雄太が言うと岬は、少し不安げな表情で頷いた。


まず雄太がしたことは診察室内の暖房を強くしたことだ。

まだ外は肌寒い季節だが、中は汗ばむような温度に設定をした。

「これでよし……」

カーテンで仕切られた隣りのベッドに岬を行かせ、服を全て脱いでくるように言った。

そして、こちらのベッドにバスタオルを敷きつめ、冷えたミネラルウォーターのボトルやハンドタオルを用意した。

「お待たせしました……」

下着も脱いでくれと言ったときは、かなり驚いた表情を見せた岬だったが、覚悟を決めたように隣りのベッドに行った。

そして、身体にバスタオルだけを巻いた姿で、雄太の前に戻ってきた。

「あ……」

トランクス一枚になっていた雄太を見て、岬は慌てて視線を外した。

「岬さん、こっちに来ませんか……」

暖房がかなり効いているので、パンツ一枚でも寒くはない。

ゆっくりとした口調で雄太は言って、ベッドの上に腰を下ろす。

「はい……」

岬は下を向いたまま小さく頷くと、雄太の傍らに腰を下ろした。

二人の間には少し距離が空いていて、それが彼女の恐怖心を表しているように思えた。

「岬さんは、ご家族は……」

あえて距離は詰めず、雄太は他愛のない話から始める。

「姉と母だけです……ゴルフを教えてくれた父は、私が中学のときに他界しました」

相変わらずこちらを見ようとはしないが、岬は小さな声で言う。

隣りを見ると、身体に巻かれたバスタオルの裾から、とんでもなく長く白い脚が伸びている。

日焼けに気をつけているのか、肌は真っ白で張りも強く、タオルの生地に覆われたヒップは小ぶりだが形が良さそうだ。

「あの……国田さんはご家族は……」

遠慮がちに岬は聞いてきた。

少し身体をこちらに向けたのは進歩だろうか、バスタオルの胸元がけっこうふくよかなのがわかる。

「あ……雄太でいいですよ……僕は一人っ子で、子供のころに両親を事故で亡くしまして、ここの院長の祖父と祖母に育てられました。祖母も去年に……」

そこまで言ったところで、岬が潤んだ瞳を向けて身体を少し寄せてきた。

「す、すいません、私、聞いてはいけないことまで……」

おろおろとした様子で岬は懸命に言う。

かなり気を遣いすぎる性格のようで、これも男性恐怖症の一因かもしれない。

「なんとも思っていませんよ、それに今、ここにいるのは僕たちだけなのです……僕は岬さんに何を聞かれても言われても、怒ったりしませんから」

「は、はい……すいません……」

雄太の目をじっと見つめて、岬は少しほっとしたように言う。

ただまだ、緊張は続いているようだ。

「でも岬さん……そんな気を遣う性格で、試合とか大丈夫なのですか。プロの試合は心理戦もすごいって聞きますけど」

「私は……周りからよくクラブを握ったら人格が変わると言われるんです」

これはプロのアスリートでは珍しくないらしい。ボクサーなどで日頃は大人しい性格なのに、リングに上がると野性的で攻撃型の戦いをする人もいる、と聞いたことがあった。

「でもあなたは努力もすごくしてるんですね……手を見ればわかります」

雄太は思いきって自分の右側に座る岬の左手を取った。

彼女の手のひらや指には、固いマメが何度もつぶれたような跡がある。

相当にクラブを振らないとこうはならないことくらい、ゴルフ素人の雄太でもわかった。

「あ……やだ……マメを見られるのが、私、一番恥ずかしいんです、見ないで」

ショートボブの頭を横に振り、岬は頬をピンクに染めている。

確かに全体的に肌が艶やかな岬の身体だから、この固そうなマメの跡はよく目立つ。

「なにを言ってるんですか、ウチにはプロ野球の四番打者の人も治療に来ますけど、マメが自分の一番の勲章だ、って言っていましたよ」

「そんな……でも恥ずかしい……」

雄太に手を持たれたまま、岬はずっと恥じらっている。

ただ、最初のときのように手が震えているわけでもないし、腕にも力が入っている様子は感じられなかった。

「岬さん……少し横になりませんか……」

彼女の心がわずかながらも解れてきたことに気がついた雄太は、施術用のベッドの上に身体を横たえた。

「は、はい……」

岬は驚いた様子だったが、バスタオルの裾を気にしながら、雄太の隣りに身体を横たえた。

一人用のベッドのため、身体を横に向けていなければ転がり落ちてしまうので、岬と雄太は向かい合う形になった。

「ほんとうに美人ですね……岬さんは……」

「言わないで下さい……ゴルフ以外のことを書かれたり騒がれたりするのはすごく嫌なのです」

息がかかるほどの距離で顔を向かい合わせながら、岬は不満げに言った。

「ふふ、拗ねてる岬さんはすごく可愛いですね」

雄太はそっと岬の頬を撫でてみる。

「そんな……すいません……変な顔をして」

しきりに照れる岬だが、ここに来たときのように身体が緊張している様子はない。

「なぜ謝るんですか、僕は岬さんの可愛いお顔が見られて幸せです」

我ながらくさいセリフだとは思うが、過剰に気を遣いすぎる岬にもっと本音を言って欲しかった。

「ゴルフがほんとうに大好きなんですね、だからルックスを褒められるのが嫌なんだ」

岬の肌はしっとりとしていて、雄太は手のひらに吸いつくような感触を楽しみながら撫で続ける。

「はい……ゴルフが強くなるためなら、なんでもします……あ……でも雄太さんにして欲しいって言ったのはそれだけじゃないんです」

ゴルフのために抱かれたいと言っているると思われるのが嫌なのだろう、岬はおろおろと狼狽《うろた》えだす。

「わかっていますよ……」

それ以上は言わず、雄太が頬を撫で続けると、岬は安心したように微笑んだ。

「容姿のことを言われるのは嫌だって言ってましたけど、岬さんは自分の身体で好きなところはどこですか？」

「好きなところですか？　そんなの特に……あ……耳です……形が好きです」

他も美しいパーツばかりなのだが、岬は控えめに言った。

「そうですね……確かに」

顔を上げて覗くと、白い耳は小さめで耳たぶも柔らかそうだ。

雄太はそのままの勢いで、彼女の耳にそっとキスをした。

「あ……そんなところ、だめです……」

白い耳があっという間に赤く染まり、岬は恥じらいながら身体をよじらせている。

房中術の資料にあったが、初めての女性を相手にする場合は、とにかく焦らずに身体の接点を増やしていくことが大事だそうだ。

「あん、汚いですから……」

「岬さんの身体に汚いところなんか、ないですよ」

可愛らしい耳に、雄太はキスの雨を降らせ続ける。

「ああん……だめです……ああっ」

くすぐったがっているのか、それとも未知の感覚に喘いでいるのか、岬の声がだんだん湿り気を帯びてきた。

雄太はさらに唇を下に持ってゆき、透き通るような肌の首筋にキスをしていく。

「はああん、雄太さん、ああっ、そんな……」

本来は指で刺激する快感のツボに唇を押しつけると、明らかな喘ぎ声を上げて岬はバスタオルが巻かれた身体を震わせた。

「ああ……わ、私……変な声を……」

「変じゃないです。それが普通です」

何度も強く首にキスをしたあと、雄太は岬の肩を自分のほうに抱き寄せた。

「ああ……雄太さん……でも……恥ずかしい」

なんと岬は自分のほうから雄太の胸に顔を埋めてきた。

恥ずかしいあまりの行動だろうが、密着しても肩の筋肉はさっきのように震えてはいない。

「岬さん……これを外してもいいですか……」

雄太は処女の身体を唯一守るバスタオルを摘《つま》んで言う。

「はい……」

顔を埋めたまま、岬は蚊の鳴くような声で頷いた。

雄太は息を呑み、バスタオルをゆっくりと引き剝がしていく。

（すごい……スタイル……）

スリムな体型の岬は手脚が長く、ウエストは恐ろしいほどくびれている。

ヒップはやや小さめだがプリプリと形がよく、肩周りの筋肉が少しついている以外は、モデルになっても通用しそうな体型だ。

「綺麗な身体ですね……」

岬がしがみつく体勢になっているため乳房を見ることは出来ないが、お腹の辺りに感じる柔らかさはかなりのボリュームを予感させた。

「いやっ、見ないで下さい……恥ずかしくて死んでしまいます……」

全身をピンクに染めて岬は、さらに強く顔を押しつけてきた。

こういういじらしい姿がたまらない。

「岬さんだけ裸にはしませんよ」

雄太は横向けに寝て岬と身体を密着させたまま、器用にトランクスを手で下ろしていく。

中から、目の前の美しい身体に反応して、少し固くなり始めた肉棒が現れた。

「え……」

まだ半勃《はんだ》ちといった状態の肉棒だが、岬は目を見開いて絶句している。

処女の彼女にとっては肉の凶器のように見えることだろう。

「お、男の人のってこんなに大きいのですか？」

整った形の唇をぽかんとさせ、岬は呆然としている。

ただじっくり時間をかけた成果か、怯えていたり緊張していたりする様子はない。

「いや僕はちょっとサイズが大きめですけど……大きさなら岬さんもなかなか……」

そう言って雄太は下を見る。

岬が身体を少し起こしたため、丸出しになった美しい乳房があった。

「い、いやっ、恥ずかしい、見ないで下さい」

横向きで寝たまま岬は慌てて乳房を覆い隠している。

優美や梨々子に比べれば小ぶりだが、それでも男の手のひらに余るようなボリュームのある乳房で、乳頭部は小粒でピンク色をしていた。

「じゃあ、もっとくっつきましょう……」

同じように狭い施術用のベッドの上に横たわったまま、雄太は岬の身体を抱き寄せる。

鼻と鼻がくっつくほど顔が近寄り、たわわな乳房が雄太の胸で押しつぶされる感触があった。

「僕の体温を感じますか？」

赤くなった顔を向け、切れ長の瞳でじっと見つめてくる岬に雄太は言った。

すぐに肉棒を挿入しようとするのではなく、こうしてお互いの温もりを感じあい、気持ちを通わせることが重要だと房中術にあった。

「はい……こうしているとすごく落ち着きます……恥ずかしくてたまらないのに」

照れながらも岬は雄太の肩にそっと手を当ててきた。

こうして身体を重ね合わせていると、彼女の肌の美しさがほんとうに感じられる。

きめの細かいしっとりとした甘さのある感触だ。

「岬さん……」

もう彼女が緊張などしていないことを理解している雄太は、そっと唇を重ねていく。

「んん……んん……」

岬はされるがままに雄太に唇を差し出し、しっかりとしがみついてきた。

「ああ……雄太さん……」

うっとりとした瞳で岬は見つめてきた。

もう肩に力は入っておらず、強ばっていた顔も柔らかくなっていた。

「まだ朝まですごく時間があります……お水を飲みますか？」

雄太はベッドから手を伸ばせるところに置いてあったミネラルウォーターのボトルを取り、自分の口に含む。

そして、岬のショートボブの頭を抱き寄せ、唇を重ねた。

「あむ……んん……」

口移しの水を岬はしっかりと飲み干していく。

流れに身を任せる岬に、怯えている様子はなかった。

「岬さん……僕も」

「はい……」

ペットボトルを受け取った岬は、水を含んで唇を重ねてきた。

冷たい水が彼女の口から流れ込んでくるタイミングで、雄太は舌を出して絡ませる。

「んん……んん……」

岬は驚いた顔を見せたが、やがて目を閉じ舌を差し出した。

「んん……」

積極的になった岬に雄太は身を任せ、彼女の舌の柔らかさに酔い痴《し》れた。

「んん……あ……何かが脚に……」

唇を離した岬が、異物に気がついたように下を見た。

そこには甘いキスに雄太が興奮していたことを表すかのように、肉棒が猛々《たけだけ》しく勃起していた。

「岬さんがすごく色っぽいから大きくなったんですよ、触ってみますか？」

「え……そんな……」

戸惑った表情を見せながらも岬は白い手を伸ばしていく。

恐怖よりも好奇心が優先される性格も、プロアスリートの強みなのかもしれない。

「大きい……それに固い……」

牛の角のように反り返る雄太の巨根を撫でながら、岬は目を白黒させている。

「こんなにも大きいモノが……その……女性の身体の中に入るのですか？」

ガチガチの亀頭を、岬は不思議そうに見つめている。

彼女にとって男根は見るのも触るのも初めてなのだからしかたがない。

「入りますよ、そのために女性はアソコが濡れたりするんです」

身体を起こして肉棒を見つめている岬に雄太は言うと、そのまま自分も起き上がり、彼女の上半身を抱え上げる。

ベッドに胡座《あぐら》をかいた雄太の膝の上に、仰向けの岬の背中が乗る形になった。

「あ……雄太さん……何を」

戸惑う岬の白い下半身を飾る漆黒の陰毛に、雄太は手を伸ばしていく。

岬の秘毛は薄からず濃からずといった感じで、触り心地はシルクのように柔らかかった。

「だめです……そこは……ああっ」

雄太の指が草むらのさらに奥にある秘裂を捉えると、岬は激しく狼狽《うろた》えて腰をくねらせる。

「岬さん……すごく濡れていますね……」

すぐに引き上げた指先には透明の液体が絡みついて、ヌラヌラと輝いていた。

「あ……そんな……私……ああ……はしたない……死にたいです」

雄太の膝の上にある顔を両手で覆い隠し、岬は全身をよじらせて恥じらっている。

上体の上で形よく盛り上がった、張りの強そうな美乳も上気して赤くなっていた。

「どうしてですか、僕は岬さんが興奮していてくれて嬉しいですよ」

「嬉しい？」

指の間から切れ長の瞳を覗かせて岬は見つめてくる。

「岬さん、男の人を好きになることも、セックスをすることも悪いことじゃないんですよ。日本はあまりそういう考えはないかもしれないですけど、性行為をすることによって、体調を良くすることも出来るのです」

元々、房中術というのはセックスで互いの気を交わしあい、それが肉体にいい影響を与えるという、遠い昔からの術だ。

より快感を得る技術というのは、そこに付随しているだけなのだ。

「そうなのですか……」

「プロのアスリートだからといって、気持ちよくなることを我慢しなければならないわけではないのですから」

雄太はどうも岬の男性恐怖症の原因の一つに、ゴルフ以外のことに興味を持ってはいけないという思い込みがあるような気がしていた。

要は真面目でストイックすぎるのだ。

「だから素直に感じてくれていいのですよ」

雄太は指をもう一度、秘裂の入口に入れる。

花びらの辺りまでしっとりと濡れていて、膣口の媚肉が強めに食い絞めてきた。

「ああん、雄太さん、あああ……」

細くしなやかな指で雄太の腕を握りしめ、岬はずっと喘ぎ続けている。

もう瞳は妖しく潤み、整った唇は半開きのままになっていた。

「岬さんのおっぱいすごく綺麗ですね……ブラジャーは何カップなんですか」

自分の膝の上で、少し起きた形の岬の上半身の前では、真っ白な乳房がフルフルと揺れている。

見事な球形を描いた下乳はパンと張っていて、ピンクの乳頭も上を向いていた。

「あ……それも何か治療と関係が……」

湿った息を吐きながら、岬は潤んだ目で見上げてきた。

「いえ……個人的な興味です」

にやりと笑って雄太はいった。

「もう、男の人って変なことばかり気にするのですね……Eカップです……」

恥じらいに頬を赤らめながら、岬は小さな声で答えてくれた。

「Eカップですか。大きいのに形が綺麗なのですね」

雄太は体を入れ替え、ベッドの上に仰向けに寝かせた岬の上に覆い被さる。

少し開かれた長い脚の間に身体を入れ、寝ていても美しく盛り上がる乳房の頂点に舌を這わせていった。

「あ、あああん、雄太さん、そこは、はあああん」

ぬめった舌がピンクの乳頭に触れると、岬はどうしようもないといった風に喘ぎだす。

もう彼女の身体はどんな刺激にも反応してしまうようだ。

「岬さん……そろそろ……最後まで……」

Eカップの柔乳の谷間から顔を上げて、雄太は言った。

もう少し秘裂を指で柔らかくしたりしたほうがいいのかもしれないが、彼女の身体も心も昂ぶっている今がベストのように思えた。

「ああ……はい……よろしくお願いします……」

頷いた彼女の唇に軽くキスをしてから、雄太はゆっくりと肉棒を押し出していく。

「あっ、くうう、私、ああっ、雄太さん……」

顔と顔をくっつけるようにして、身体全体を密着させて覆い被さる雄太を見つめ、岬は切ない声を上げている。

「痛いですか？」

「い、いえ、少しだけなんですけど、それより……」

少し汗ばんだ顔を捻って岬は視線を外した。

「気持ちいいのですか？」

さすがにこれには驚きながら、雄太が言うと岬は恥ずかしそうに、こくりと頷いた。

(ちゃんと段階を踏んだら、処女でもここまで……)

彼女の媚肉は肉棒を大きく口を開いて受け止めている。

資料には、慌てて挿入しないほうが敏感になると書かれていたが、現に岬の身体はその通りに反応していた。

「ゆっくり、いきますからね」

処女だけあって膣道がかなり狭く、濡れた媚肉がぐいぐいと亀頭を食い絞めてくる。

雄太は欲望に負けて、激しく腰を使いたくなるが、唇を噛んでこらえた。

「あ、はああん、雄太さん……あああっ……」

この前、梨々子に焦らし責めをしたときのように雄太は少しずつ亀頭を挿入していく。

ピンクに上気した岬の身体がベッドの上で蛇のようにくねり、張りのある美乳がフルフルと踊った。

「岬さん……中まで入りますよ」

膣の中程まで亀頭が進むと、強い抵抗を感じる。

肉棒を押し戻すような動きをみせるそれが、処女膜だと雄太はすぐにわかった。

「ああ……来て下さい……雄太さん……私を女にして下さい」

雄太の首に懸命にしがみつき、岬は絶叫する。

「はいっ、うう」

彼女の気持ちに応えるように、雄太は強い締めつけに逆らいながら、肉棒を突き出した。

「あっ、ああっ、くううう、あああっ」

処女膜が裂けるときにはさすがに激痛が走るのだろう、岬は歯を食いしばって悶絶している。

「もう少しで、奥までいきますから……」

「は、はい……うく……」

そこからは滑るように肉棒が進み、膣内にまで亀頭が食い込んだ。

「ついに一つになりましたよ、岬さん……」

根元まで巨根を押し込み、雄太はようやく息を吐いた。

「ああ……はい……すごい……お腹の中までいっぱいになってるみたい……」

荒い息を吐きながら岬は、下からじっと雄太を見つめてくる。

その表情はどこか満足げだ。

「もう男は怖くないですか……」

わかってはいるが、雄太は一応聞いてみた。

「はい……でも、雄太さん以外の人だとわかりません……あっ、ああっ」

汗ばんだ顔でにっこりと笑った岬が、突然、狼狽えながら喘ぎ声を上げた。

同時に雄太も岬の変化に気がついていた。

彼女の奥の膣肉が、ヒクヒクと震えながら、怒張を奥へ引き寄せようとしていた。

「動きますよ」

雄太はゆっくりと腰を使い、ピストンを開始した。

「あっ、雄太さん、ああん、ひあっ、あああ」

肉棒がリズムよく子宮口に食い込み、岬の声が一気に艶を帯びてきた。

すらりとした身体の上で、Ｅカップの美しい乳房がブルブルと波を打って踊った。

「ああん、雄太さん、私、おかしくなってます、ああん、ああっ」

　岬は雄太の腕に必死でしがみつき、目を白黒させながら喘ぎ続けている。

　ずっと男が怖かった彼女が、最も男を象徴する肉棒で快感に悶えているのだから当然だ。

「おかしくなんかなってません、それでいいんです。力を抜いて僕を受け止めて下さい」

　精一杯の励ましの言葉をかけながら、雄太は腰を振り続ける。

「ああ、はい、あっ、あああん、あああっ」

　岬のよがり泣きがどんどん激しくなり、膣奥の媚肉がこれでもかと亀頭に絡みついてくる。

(岬さんの身体はずっと求めていたのかもな……)

　男性に怯える心の裏側で、肉体はずっと満たされたいと求めていたのかもしれない。

　だから彼女の膣肉が、意識の外で怒張を絞り上げるようにうごめいているのだと、雄太は感じた。

「あっ、ああああん、雄太さん、私、はあああん、何か来ます、ああん、ああっ」

　妖しく潤んだ切れ長の瞳を見開き、岬は大声を上げた。

「ああっ、もうっ、はあああん、怖いんです、私、ああん」

徐々にエクスタシーの波に飲まれていくのが怖いのだろう、怯えた様子で訴えてきた。

「怖くなんかありません。僕も一緒にイキます。岬さんもイッて下さい」

雄太は彼女の手をぎゅっと握りしめ、さらに強く腰を振り立てた。

「あああん、私、ああん、もうだめになります、イキますっ」

岬も強く手を握りかえし、一気に頂点に向かっていく。

張りのある乳房が大きく弾け、固く勃起したピンクの突起と共に激しいダンスを踊っていた。

「あぁっ、イク、イクうううう」

女の本能だろうか、岬は自ら絶頂を叫ぶ。

そして、白い背中を反り返らせ、全身をガクガクと痙攣させた。

「ううっ、僕もイキます……」

ほとんど同時に雄太も限界をむかえて肉棒を引き抜き、亀頭を岬の無駄な脂肪のない腹筋に向ける。

「ううっ」

精液が勢いよく飛び出し、岬の身体を白く染めていった。

「あ……これが男の人の……」

生まれて初めてのエクスタシーは強烈だったのだろう、岬は呆然としたまま自分のお腹を見つめている。

「ごめんね……こんなに出して」

「いいえ……これって雄太さんも気持ちよかった証拠ですよね……だったらすごく嬉しいです」

にっこりと笑った岬の顔に、男性恐怖症に悩んでいた暗さは消えていた。

第五章　麻美の告白

「おー、すげえ飛んでる」

日曜日の夕方、さすがに今日は整骨院で電話番の必要もないので、雄太は自宅のベッドの上でテレビを見ていた。

画面は女子ゴルフの中継が映し出され、優勝争いをしている岬がティーショットを放っていた。

あの細身の岬の打った球が、自分よりも体格のいい選手のボールを越えていくのを見て、雄太はやはり彼女も神様に選ばれた人だと感じた。

「もう恐怖症は克服出来たみたいだな」

岬のキャディは女性だが、一緒にラウンドしている選手のキャディは、男性ばかりだ。

それでも時折笑顔を見せているから、もう緊張もしていないのだろう。

「きっとアメリカでも活躍できるよ」

彼女の夢は、アメリカツアーでいい成績を残すことだと言っていた。

「雄太、いるー？」

玄関の引き戸が開く音がして、麻美の声が聞こえてきた。

「上にいるぞ、入ってこいよ」

テレビを消し、二階の廊下に顔を出して雄太は言う。

彼女の母が気を遣い、よく惣菜を麻美に届けさせてくれるので、鍵は渡してあった。

「どうした、腰の調子が悪いのか？」

二階の雄太の部屋に上がってきた麻美は、やけに深刻そうな顔をしていた。

「お前……もしかして水泳部をクビに……」

他に思い当たることがあるとすれば、この前彼女が言っていた、水泳選手としての進退の話くらいだ。

「どっちも違うっ」

着ていた薄手のコートを脱ぎ捨てると、麻美は畳の上に座る雄太に向かって飛び込んできた。

「うわっ、なんだよ」

麻美に押し倒される形になった雄太は、驚いて文句を言う。

自宅で寛いでいた雄太はTシャツにハーフパンツ、麻美も同じような格好をしているので、二人の脚が触れあう。

瑞々しい張りのある肌の感触に雄太は心がざわついてしまう。

「なんのつもりだよ、今さらお馬さんごっこか」

照れをごまかすように雄太は言う。

子供のころ、よく麻美に馬役をやらされていた記憶があるが、あれは背中のほうだ。

「雄太、あんた夜……何やってんの、整骨院で……」

大きな瞳で雄太を見下ろしながら、麻美はぼそりと言った。

「いや……あれは、その……」

梨々子も岬もかなり大きな声を出していたから、整骨院の隣りに住む麻美に何かの拍子に聞かれたのかもしれない。

とっさに言い訳が思いつかず、雄太はしどろもどろになった。

「女を連れ込んで何をしてたの？」

普段はあまり感情を表に出さない麻美が唇を震わせて見つめてくる。

大きな瞳には涙がにじんでいるように見えた。

「いや、その……あれは治療を……」

どうせ信じてもらえるわけがないと思いながらも、雄太は懸命に弁明しようとした。

「それだけじゃないでしょ……」

麻美はぼそりと言うと、そのまま雄太に覆い被さってきた。

Tシャツ越しに、自分の胸板の上でふくよかな乳房が押しつぶされる感触が伝わってきた。

「私だって……ずっと雄太のことが好きなんだよ」

麻美はそのまま唇を寄せてくる。

ショートカットの髪がふわりと舞い、甘い香りがしてきた。

「んん……ん……」

唇が重なり雄太はとっさに麻美の背中を抱き締める。

舌を絡ませたりはしないが、柔らかい唇の感触に身体の芯が熱くなった。

「お前……」

唇が離れると、雄太は麻美の顔をじっと見つめた。

すっきりと通った鼻筋に整った唇、なにより二重の美しい瞳が魅力的だ。

澄んだ黒目を見つめていると心が吸い込まれていきそうだった。

「嬉しいよ……麻美……」

下から手を伸ばし、雄太は麻美の頬に触れる。

ちょっとくすぐったそうにしている麻美を見ているだけで胸がときめく。

(どうして俺は今まで、麻美のことをちゃんと見てこなかったのだろう)

雄太は自分の馬鹿さ加減が嫌になった。

「麻美……」

腰の上に麻美を乗せたまま雄太は身体を起こし、自分から唇を重ねていく。

目を閉じて受け入れてくれた麻美の腰を抱き、舌を差し込んでいった。

「ん……くふ……」

鼻を鳴らしながら麻美はたどたどしい動きで舌を絡めてくる。

激しい息づかいが伝わり、抱きしめる腕に力がこもった。

「ああ……雄太……」

しばらくの間、舌を吸いあってからゆっくり唇を離すと、麻美は切なげな表情を浮かべて雄太にしがみついてきた。

「なあ……麻美ひとつだけ聞いていいか。お前、祖父ちゃんの特別マッサージを受けたことがあんのか？」

麻美のショートカットの黒髪を抱きながら、雄太ははっきりと聞いた。

疑惑が確信めいたものに変わったのは、さっきの麻美の言葉だ。

雄太が治療だと言い訳したときに、それだけじゃない、と彼女が言ったことだ。

(性感マッサージだけじゃなく、それ以上のことをしてたって、なんで麻美がわかるんだ……)

中で見ていたのならともかく、梨々子たちの喘ぎ声だけを聞いて、マッサージなのかセックスなのかを判断できるということは、麻美自身が経験者であると考えるしかなかった。

「そ……それは……」

麻美は口ごもるが、一瞬にして真っ赤になった耳や首筋が答えを表していた。

「お前が……どうして……」

呆然として雄太は聞いた。

祖父の手で麻美が女の快感に悶えていたなど、はいそうですか、と受け入れられない。

「私……実はすごくあがり症で、肝心な大会でいい成績が残せないことが多かったんだ……」

馬乗りになったまま顔だけを横に向け、麻美は話し出す。

「お祖父さんの、あのマッサージのことを知ったのは、高校のとき。お風呂場で転んで肩を痛めたから診てもらおうとしたんだけど、もう夜が遅かったんだ」

祖父の家まで行こうかと思った麻美は、整骨院にまだ灯りが点いてることに気がついたらしい。

いつも入口のドアの鍵を先に施錠して裏口から帰るため、麻美の家の側にある裏口ドアの鍵は最後まで掛けない。

麻美ももちろんそのことは知っていたから、祖父がいると思ってドアを開けて中に入ったというのだ。

「そうしたら女の人のすごい声がして、びっくりしたよ……」

女の喘ぎ声を聞いた麻美がこっそりと覗くと、彼女も顔を知る女子競泳のトップ選手が祖父の手業で喘ぎ狂っていたらしかった。

まだ高校生の麻美には二重のショックで、すぐに逃げ帰ったが、後日、まだ存命だった雄太の祖母がいるのにもかかわらず女性と行為に及ぶ祖父を問い詰めたらしい。

「そのときに特別マッサージのことを聞いたの……」

祖父は性感マッサージのことを麻美に説明し、そのトップ選手も直接麻美に会って釈明をした。

麻美にその選手は、自分は極度のあがり症で筋肉をリラックスさせるために、祖父から性感マッサージを受けている、と言ったというのだ。

「私も、ずっとあがり症で悩んでいたから……」

県大会では優勝できるものの、全国では勝ちきれなかった麻美は、祖父に緊張を取るために自分も性感マッサージをして欲しいと申し出た。

当然だが祖父は子供には出来ないと断った。

やがて大学に進んだ麻美は祖父に懇願し、ようやく試合の前に特別マッサージを受けることが出来た。

確かに彼女は大学入学と同時に大きな大会で連勝し、一躍オリンピック候補として注目されるようになった。

その陰には祖父による性感マッサージがあったのだ。

「お前も感じて、何度もイッたり……」

顔を真っ赤にして告白する麻美に、雄太は震える声で聞いた。

女性にこんなことを聞いてはならないとわかってはいるが、何かに導かれるように口を開いてしまった。

「どうして、そんなこと聞くの……それとも誰かに身体を触られた私は汚れているの？　私、まだヴァージンなんだよ」

ようやくこちらを向いた麻美が大きな瞳からボロボロと涙を流す。

「す、すまん、つい、同じ施術者としての純粋な興味だから、汚れてるなんて言うな」

なんとか言い訳しながら、雄太は麻美を腰の上に乗せたまま、上半身だけを起こす。

畳の上に雄太が座りその上に麻美が乗る形になった。

「でもお前、処女ってことは、さっきのキスも……」

麻美の頭を腕で抱きながら雄太は言う。

「そうだよ……ファーストキスなのに舌まで入れられた……」

雄太の肩に顔を埋めたまま、麻美は小さな声で言った。

「す、すまん……」

「いいよ……そのかわり雄太……私の初めての人になって」

顔を上げた麻美はようやく笑顔を浮かべて、雄太を真っ直ぐに見つめてきた。

笑うと見える白い八重歯が、可愛らしさを増幅させていた。

「いいのか俺で……」

他の女性と行為に及んでいたこともおそらく気づかれているのに、麻美が自分を選んでくれたのは嬉しいが、反面、申し訳ない気持ちもある。

「私は雄太がいいんだよ……どうしても嫌なら、帰るけど」

両手で雄太の顔を挟み、麻美は不満そうに唇を尖らせた。

「いえいえ、大変、光栄でございます」

自分たちにはこういう会話のほうがしっくりくると雄太は思いながら、麻美の背中を抱き寄せ、唇を重ねていく。

「んん……んん……」

再び舌を絡ませながら、雄太は力強く麻美の身体を抱きしめる。

彼女の温もりを感じるたびに、愛おしさがこみ上げてきた。

「脱がすぞ……これ……」

Tシャツの裾に手をかけて雄太は言う。

「もうっ、いちいち聞かないでよ、恥ずかしいんだから……」

文句を言いながらも麻美はされるがままに両腕を上に伸ばし、Tシャツを脱いでいく。

競泳水着の形に日焼けした上半身に薄いブルーのブラジャーがあり、ふくよかな柔肉がくっきりと谷間を作っていた。

「意外と胸、大きいんだな……」

昔は一緒に風呂に入ったりしたこともあったが、成長してからは、こんなに露出した姿を見たことはない。

「やだ……そんなに見られたら、恥ずかしいよ……」

顔を赤くして麻美は雄太の膝の上の腰をくねらせる。

今日は本当に麻美の色々な表情が見られる。

(いや……俺が見ようとしていなかっただけか……)

いつも飄々とした感じだからと、自分は麻美と本音で向かい合っていなかったのだと、雄太は思った。

だから高校生の麻美があがり症に悩んでいたことも、気づいてやれなかったのだ。

「だめだな……俺は……」

「えっ、どうしたの?」

つい落ち込んでしまった雄太を、麻美が驚いて見つめてきた。

「いや、お前おっぱい、何カップかなと思ってさ」

可愛らしいデザインの、ブラジャーのカップの上から乳房を揉みながら、雄太は必死でごまかした。

せっかく彼女が覚悟を決めているのに、しんみりしている場合ではない。

「やだ……何言ってんの？　エッチ。言わない……」

麻美は恥ずかしげに頭を振っているが、本気で嫌がっているように見えなかった。

「いいじゃねえか、教えてくれよ……」

ブルーの肩紐をずらしながら、雄太は言う。

水泳で鍛えた肩の上を肩紐がするりと落ちた。

「ん……Fカップ……もう恥ずかしい……」

大きな瞳を逸らして麻美は小さな声で返してくれた。

元々彼女は身体自体は大きいほうではないから、Fカップでもそれ以上に見えた。

「じゃあ、そのFカップを見せてもらいますよ」

いつもの調子で声をかけながら、雄太は彼女の背中にあるホックを外す。

「きゃっ、やん……」

カップがぽろりと落ち、水着に守られて日焼けしていない、真っ白な乳房が飛び出てくる。

鍛えている女性の特徴なのか、乳房の重量感はあるのに、上に持ち上がっていて、鎖骨《さこつ》のすぐ下からお椀を伏せたように盛り上がっていた。

「こんなに綺麗なおっぱいしているなんて、思いもよらなかったよ」

目の前で、解放されたことを喜ぶようにフルフルと揺れている巨乳を両手でゆっくりと揉んでいく。

張りのある肉房に指が食い込み、ぐにゃりと形を変える。

肌が若々しく、抵抗感がすごい。

「あ……そんな風に揉んだら……だめだよ」

雄太の膝の上で腰をくねらせ、麻美は鼻から甘い息を漏らした。

「じゃあ、こっちにしようか……んん……」

雄太は乳房を揉んだまま、ピンク色をした小さめの乳首にしゃぶりつく。

舌のざらついた部分を押しつけ左右に転がした。

「はああん、ああっ、そこだめ、ああん、ああっ」

日焼け跡の残る背中を震わせ、麻美は耐えかねたように甲高い声を上げた。

(やっぱり祖父ちゃんに開発されてるんだな……)

敏感な反応を見せる麻美を見つめながら、雄太は思った。

いけないと思いつつも、この可愛らしい乳頭を祖父に責められて喘ぐ麻美を妄想してしまう。

(どうして俺はこんなに興奮してるんだ……)

胸の奥を締め上げられているような、強い嫉妬を憶えながら、雄太は乳頭を転がし続けている。

(俺より先に祖父ちゃんに喘がされて、どんな顔をしてたんだ……)

強烈なジェラシーがなぜか奇妙な興奮に変わり、さらに舌に力が入る。

もう雄太は自分が苦しんでいるのか悦んでいるのか、わからない状態だった。

「ああん、雄太……激しい……あああん……だめ……」

色っぽい声を出すたびに、麻美は苦しそうに眉をしかめ、息を詰まらせる。

柔らかい舌での責めとはいえ、力が入りすぎだ。

「すっ、すまん……」

丸い乳房から顔を上げて、雄太は言った。

房中術にも、欲望に自分を見失ってはならないとあったことは、しっかりと頭に刻んでいるはずなのにこの有様だ。

「ああ……謝らないでよ……」

頭を雄太の胸に預けてきた麻美の息が少し荒くなっていた。

「ベッドに行こうか、麻美……」

こくりと頷いた麻美の身体を担ぎ、雄太はそのままベッドに乗せた。

起きたままの少し乱れた状態のベッドに、ハーフパンツだけの麻美の肢体が横たわる。

仰向けでも美しい形を保っているFカップの巨乳にある、白い肌と日焼けした肌のコントラストが眩しい。

「麻美……」

雄太もベッドに乗り、麻美に覆い被さる形でキスをしてから、ハーフパンツに手をかける。

今日は祖父のテクニックも房中術も全て忘れるつもりだった。

(麻美を抱くことだけを考えよう……)

彼女の気持ちに応えることだけを考え、よがらせることは意識しないでおこうと雄太は誓った。

「あ……」

ハーフパンツが下がると、ブラジャーと揃いの薄いパンティが現れる。

いつもショートパンツで腰や太腿のマッサージをしていたからわかっているが、筋肉の上から脂肪が乗ったムチムチとした下半身だ。

「やだ、お尻とか大きいの、気にしてるって知ってるくせに……そんなに見ないで」

ベッドに横たわったままの麻美が恥ずかしそうに言う。

「水泳選手はある程度、脂肪がないといけないんだから、いいじゃないか」

泳ぐときは浮力が必要なため、水泳競技というのは一定量の脂肪がないといけないらしい。

「それに、エッチな脚してるよ、麻美は」

雄太はにやりと笑って、麻美の太腿を手のひらで撫でた。

「きゃん、もう、性格悪いよ、雄太は」

くすぐったそうに腰をよじらせながら、麻美は不満そうに言う。

ただ大きな瞳がずっと妖しげに潤んでいて、今まで彼女から感じたことのない、女の雰囲気を放っていた。

「悪いですよ、俺は……だからこれも脱がすよ」

「きゃっ、ああ、恥ずかしい」

パンティが引き下ろされると、麻美はさらに身をよじらせて恥じらう。

日焼けしていない真っ白な股間に漆黒の陰毛が現れる。

毛が細く量も少なめで、下側には女の割れ目がうっすら覗いていた。

「あんまり恥ずかしがるなよ……こっちも照れるだろ」

「だって……」

身体を丸めようとしていた麻美だったが、雄太の言葉に思いとどまったようだ。

しかし、肉付きのいい両脚をよじらせ、懸命に羞恥と戦っている様子だ。

「そ、それより雄太だけ、どうして服着てるのよ……」

真っ赤になった顔を向けて麻美は不満げに言う。

確かに雄太だけ、ずっと服を着たままだ。

「はいはい」

Tシャツもパンツも脱ぎ、雄太は素早く全裸になった。

トランクスの中から現れた肉棒は、嫉妬に胸をかきむしられたときから、もうガチガチに固く勃起していた。

「えっ、なにそれ」

呆然とした顔で麻美は雄太の怒張を見つめている。

初めて見た勃起する怒張が、雄太の巨根なのだから、驚くのも当たり前だ。

「お前のここからエッチな匂いがするから、勃《た》っちゃったんだよ」

雄太は指で麻美の秘裂の入口をまさぐってみる。

「あ、ああん、ああっ」

麻美はすぐに艶めかしい声を上げ、肉付きのいい太腿を震わせた。

（もう、濡れてる……）

固そうな淫唇がぴっちりと閉じ合わさった麻美の秘裂だが、膣口の中は大量の愛液に溢れかえっている。

中は意外に肉厚で、粘膜がねっとりと指に絡みついてきた。

「あ、はあああん、動かしちゃだめ、ああん」

まだ入口を少し指で責めただけなのに、麻美は激しいよがり泣きを見せている。

自然と浮き上がった腰が上下に揺れて、仰向けの身体の上で、巨乳がうねるように波を打っていた。

（すごく感じやすいんだな……）

反応のいい麻美を見ていると、また祖父の顔がちらつく。

（いかん……今は忘れなきゃ……）

嫉妬と興奮が入り混じる感情を振り払い、雄太は丁寧に麻美の膣口を掻き回す。

「ああん、雄太、ああん、激しい」

見事に反応した麻美は、小柄ながらもグラマラスな肉体をくねらせて喘ぎ続ける。

愛液がどんどん膣奥から溢れ出し、雄太はもう手のひらまでぐっしょりだ。

「麻美……もういいか」

このまま麻美を指でイカせても意味はない。

濡れそぼる秘裂から、雄太は指を引き上げた。

「うん……」

麻美が小さく頷いたのを確認し、雄太は挿入態勢に入る。

何度となくマッサージした両脚を抱えて開かせ、自分の身体を入れた。

「あああ……雄太……」

大きな瞳を蕩けさせ、麻美はじっと見つめてくる。

幼なじみの見せた切ない女の顔が、雄太の興奮をさらに加速させていった。

「いくぞ、麻美……」

うっすらと小麦色の太腿をしっかりと抱え、雄太は腰を前に押し出す。

すでにびっしょりと濡れている秘裂の入口に、赤黒い亀頭が沈み始める。

「ああっ、雄太、くうん、ああ……」

膣口の周りは充分に開発されているのか、拳大の雄太の亀頭を受け入れても、麻美は痛がるどころか、甘い声を上げている。

（ああ……麻美……俺は……）

嫉妬に震える気持ちを抑えながら、雄太はさらに怒張を押し進める。

「あ、くうう、雄太、ああっ」

膣の入口で怒張が跳ね返されるような感触がある。

麻美の処女の証《あかし》が亀頭の侵入を拒んでいるのだ。

「本当にいいんだな、麻美……」

もう一度、雄太は麻美に問いかける。

「当たり前でしょ……ずっと好きだったよ……雄太……」

荒い呼吸に上下する胸板の上で、張りのある巨乳がフルフルと揺れている。

ピンクの唇を半開きにしたまま麻美は、決意を秘めたような強い目で、見つめてきた。

「ありがとう麻美……」

雄太は手のひらで麻美の汗ばんだ頬を撫でてから、身体を起こし、腰に力を込める。

「ひうっ、くううう、あああん、あああっ」

肉棒が処女膜を突き破り、快感に蕩けていた麻美の表情が一気に苦悶の色に変わる。

なかった。

「あっ、あくう、雄太、ああっ」

シーツを必死で握りしめ、白い歯を食いしばって麻美は痛みに耐えている。

アスリートというのは苦痛にも強いのだろうか、決して痛いという言葉は口に出さなかった。

「もうすぐ奥まで入るぞ……」

処女膜を引き裂いたあと、雄太の逸物はさらに奥へと侵入していく。

(俺は今……麻美の誰も触れたことのない場所に、チ×ポを入れているんだ)

麻美自身ですら触ることの出来なかった部分を犯しているのだという奇妙な優越感が、雄太の心に湧き上がる。

祖父が好きで麻美の身体に触れていたとは思えないし、麻美も女の感情を持っているわけではないということは雄太も理解している。

ただどうしようもなく感じるこの気持ちは、牡の本能なのかもしれないと雄太は思った。

「もう奥まで、入るぞ麻美……」

処女膜の裏側も充分に濡れそぼっていて、肉棒は膣壁の粘膜を滑りながら最奥に達した。

「くううん、ああっ……ああ……」

怒張が根元まで入り込み、麻美はやっと息を吐いた。

「痛いか麻美……」

汗まみれの頬に貼りついた後《おく》れ毛《げ》をとってやりながら、雄太は言う。

「い、痛いよ……身体が二つに引き裂かれてるみたい……」

荒い呼吸を繰り返しながら、麻美は無理に笑顔を作っている。

腹筋が浮かぶお腹がずっと上下に震えていた。

「ぬっ、抜こうか……」

そんなことを言われたら、さすがに雄太は焦って、腰が引けてしまう。

「だめよ、最後までして……雄太が満足するまで」

痛みに涙がにじんだ大きな瞳を向けて麻美は言った。

「お、おう……」

彼女の覚悟の強さに感化されるように、雄太はピストンを開始する。

「ああ、くうん、あああ……くう……」

ベッドの上の麻美の身体が前後に揺れ、Ｆカップの巨乳がリズムよく踊り始める。

白い歯を食いしばったまま、麻美は苦しげに悶えていた。

「麻美……早めに終わらせるから……」

彼女を気遣いながら雄太は徐々に怒張の動きを早めていく。

房中術の資料などから学んだ技術を使えば、岬と同じように麻美を初体験でも感じさせることが出来るのだろうが、雄太はあえてしなかった。

(俺もずっと麻美のことが好きだったんだ……)

愛する気持ちがあるが故に雄太は、身体一つの自分を麻美にぶつけたかった。年下の彼女に己《おのれ》の全てを受け入れて欲しいと思った。

(情けない……男だ……)

何人の女を絶頂に追い上げても、雄太自身は弱いままだ。だから整体師としても中途半端なのだと思い、雄太は泣き出しそうだ。

「ああ……麻美……うう……」

全てを振り払うかのように、雄太は麻美の身体に没頭していく。

狭い膣壁の間を野太い亀頭が出入りするたびに、濡れた粘膜がエラや裏筋に絡みつき、甘い痺れが背中を突き抜けた。

「ああっ、雄太、くうう、ああっ」

麻美は苦しげな顔を浮かべながらも、雄太の腕をしっかりと握りしめ、ピストンを受け入れてくれている。

「もう少しでイキそうだ、麻美……くう……」

今だけはと欲望に身を任せ、雄太は肉棒を叩きつける。

肉の乗った太腿が大きく開いた股間の真ん中で、ぱっくりと口を開けた秘裂を、怒張が激しく出入りする。

「あぁっ、雄太、くううっ、ああっ」

筋肉のついた肩の下で、柔らかい巨乳が大きく波を打って踊り、もう千切れてしまいそうだ。

麻美も息を荒くし、声も何となく艶を帯びてきた。

「ああん……雄太、私……ああっ……」

ずっと食いしばっていた口元が開き、白い八重歯も覗く。

日焼けしていない部分の肌がほんのりとピンクに染まり、なんとも色っぽかった。

(麻美……俺のチ×ポで感じてくれてるんだ……でももうきつい……)

なんのテクニックも使わず、ただ腰を振っているだけの自分の下で、麻美がよがり始めたことに感動している雄太だが、もう肉棒がもちそうにない。

「あ、ああん、雄太、ああっ」

ただでさえ、麻美の処女肉の締めつけはきつく、肉棒全体を絞り上げられる感触がたまらないのだ。

「もうイクぞ、麻美……くうう……」

頭の先まで痺れきった雄太は夢中でピストンを繰り返し、一気に頂点に向かう。

「ああっ、雄太、ああああ」

雄太の名を叫びながら、麻美は懸命に腕にしがみついてきた。

「もうっ、イク、ううううう」

怒張の根元が限界に震え、雄太は慌てて膣内から引き抜く。

「うっ、うううっ」

ギリギリで亀頭が膣口から抜け出たものの、すぐに射精が始まり、白い精液が麻美の太腿や下腹部に飛び散る。

「すまん……麻美……止まらないよ……くうう」

小麦色に日焼けした太腿に白い粘液がねっとりと糸を引く。

そのコントラストがやけに淫靡に見えた。

「ああ……雄太の好きにしてくれていいよ……」

少し微笑みを浮かべ、麻美は澄んだ瞳でじっと雄太を見つめてきた。

「じゃあ雄太、私帰るね」

一階にある浴室でシャワーを浴びていた麻美は、居間にいる雄太に明るく声を掛け、玄関に向かって行く。

「ちょっと待てよ、麻美」

彼女ともっと話をしたかった雄太は、慌てて後を追った。

すでに靴を履いていた麻美が、くるりとこちらを振り返る。

「ねえ、雄太」

「な、なんだよ……」

じっと雄太を見つめてきた。

「ねえ、私のこと好き？」

麻美は笑顔を浮かべて言った。

「そ、それは……お前……」

もちろん好きだと即答したかったが、つい口ごもってしまう。

(祖父ちゃんに感じさせられてどんな顔をしていたんだ)

大きな瞳で見つめてくる麻美を愛しく思えば思うほど、雄太は頭が混乱した。

「ふふ、雄太が夜に整骨院に来てた人のことが好きでも、私の気持ちは変わらないよ」

麻美は八重歯を見せて幸せそうに笑い、引き戸を開けて出て行く。

「いやっ、そうじゃなくて、麻美」

気持ちの整理が出来ていない雄太は、麻美の背中を見送るしかなかった。

第六章　肉悦ハーレム

（麻美のことが好きだから、特別マッサージを受けていたことが気になるのはいいとして、この感情はなんだ……）

昼の診察時間の電話番を終え、留守番電話に切り替えた雄太は、イスに背中を預けて呟いた。

麻美のことを女として好きだということは自覚しているから、彼女が祖父に喘がされることに対して嫉妬の気持ちがあるのはわかる。

「じゃあ、なんでこんなに、ここが固くなるんだよ」

診察室のベッドの上で、Ｆカップの巨乳を晒した麻美が、瞳を潤ませて喘ぎ狂うところを想像すると、胸が締めつけられるのと同時に異様な興奮を覚える。

喉がひりつくように渇き、肉棒がギンギンに勃起してはち切れそうになるのだ。

（麻美が特別マッサージを受けるのは嫌なんだよな？　俺……）

どうしてなんの刺激も受けていないのに、カウパーが迸るほど怒張が昂ぶるのか、雄太は理解出来ずにいた。

「ああっ……馬鹿だからわかんないや……」

自分でもこの感情をどうしたらいいのかわからず、雄太は頭を掻きむしった。

「あれ……」

その時、整骨院の電話ではなく携帯のほうが鳴った。

着信名は、綾野堂岬になっていた。

「もしもし、岬さん……」

もう男性恐怖症も克服したはずの岬が、わざわざ携帯に電話をしてくるということは、なにかあったのかもしれないと心配になる。

『あ、雄太さん、お忙しいところ申し訳ございません』

いつものように丁寧な口調で岬は話し始めた。

『どうしても聞いて頂きたいお話があるのです……今からお伺いしてもご迷惑じゃないでしょうか？』

「今からですか？　こちらは大丈夫ですが……身体に問題でも出たのですか？」

まず雄太の頭によぎるのは彼女が体調を崩したり、男性恐怖症が治っていなかったのかもしれないという思いだ。

『詳しいことはお伺いしたときに。では、すぐ近くにおりますので』

岬は慌てた様子で電話を切ってしまった。

(なんだ……大丈夫なのか？)

色々な考えが頭をよぎり、雄太は不安になった。


「申し訳ございません……お忙しいのに」

整骨院に現れた岬は、入るなり、深々と頭を下げる。

今日は女らしい柄《がら》の入ったワンピースを着ていて、清楚な雰囲気の彼女によく似合っていた。

「どうしたんですか……」

この前と同じように深刻な表情の岬に雄太は言う。

和風の美しい顔立ちにショートボブの髪型がよく似合っているが、表情が暗いのが気がかりだ。

「今日は、お願いしたいことがあって参りました」

靴を脱いで上がるなり、岬は雄太にしがみついてきた。

「ちょっ、ちょっと岬さん」

肌を合わせた彼女だが、いきなり抱きしめられると、さすがに狼狽えてしまう。

「どうしたんですか……」

白衣の胸に顔を埋める岬の肩を抱いて、落ち着くのを待った。

「雄太さん……私と一緒に来て欲しいのです」

顔を少し上げた岬は、切れ長の瞳に涙を浮かべて言う。

「はあ……どこにですか？」

なんのことを言っているのかわからず、雄太は首をかしげた。

「アメリカです……」

雄太の背中に腕を回したまま、岬はやけにはっきりとした声で言った。

「へっ……」

いきなり海の向こうの国を言われ、雄太はもう呆然とするしかない。

(アメリカって、旅行か……？　今ならまあ暇《ひま》だけど……ああ、でも修行中の身だし、麻美のこともあるし)

一瞬で色々な考えが脳の中を駆け巡った。

みぞおちの辺りにあたる、岬の柔らかい乳房の感触が心地良いが、そんなことを考えている場合ではない。

「私の専属トレーナーとしてアメリカツアーに同行して欲しいのです……」

しっかりと雄太を見つめながら、岬は仰天するような話を始めた。

男性恐怖症を克服してから成績がいい彼女は、スポンサーとも話し合い、来年度からは日本を離れて、アメリカ本土で行われる女子ツアーに参加することが決まったそうだ。

そして一年のほとんどをアメリカで過ごすことになる岬は、雄太に一緒に来て欲しいというのだ。

「いや、しかしですね……僕もまだ祖父の弟子状態で一本立ちもしていないですし」

今の自分がプロ選手の、しかもバリバリの一線級のトレーナーが務まるように思えなかった。

「トレーナーだけじゃありません……その……プライベートのパートナーとしてもで……す……」

最後はもう聞こえないような小さな声で言うと、岬は顔をピンクに染めて下を向いてしまった。

ここでようやく雄太は彼女の意図を理解した。

「雄太ー、いるんでしょー？」

なんとか岬を説得しなければと思ったとき、整骨院のドアが豪快に開いた。

「げっ、梨々子さん……そ、それに優美さんまで……」

開いたドアの前には、今日も派手目のショートコートにパンツ姿の梨々子と、可愛らしいデザインのジャケットにスカートを穿いた優美が立っていた。

「ふーん……なにやってんの、雄太」

入口の前で腕組みをした梨々子が、やけに冷たい目を向けてくる。

「いや、これはですね……その……」

情をかわした三人の鉢合わせに、雄太はもう言い訳すら思いつかない。

「申し訳ございませんが……今……私は雄太さんと大事なお話をしておりまして」

雄太から身体を離し、岬が丁寧に頭を下げるが、声のトーンに棘《とげ》がある。

「誰？　ていうか、どうしてあんたもお嬢様言葉なのよ、そんなの二人もいらないんだけど」

当然、梨々子が引くはずもなく強烈な嫌みを返してきた。

二人というのはおそらく優美のことで、雄太に敬語で接するところなどがよく似ている。

「家族やお友達以外のかたとお話をするときは、ちゃんとした言葉で接するように教えられてきたのですが、何か問題でも……」

さすがと言おうか、雄太ならちびってしまいそうな迫力の梨々子相手にも、岬は一歩も引かない。

これがプロの世界で生き残っていく人間のメンタルなのだろうと、雄太は修羅場のなかで感心していていた。

「岬ちゃん……だよね……私のこと覚えてる？」

ずっと黙っていた優美がここでようやく口を開いた。

「あ、失礼しました坂下先輩、ご無沙汰しております」

優美に向けて岬がほぼ九十度に腰を折った。

「知り合いなの？　優美」

機嫌の悪そうな声で梨々子が岬を一瞥《いちべつ》する。

「M女学院の後輩なのよ。私はテニス部でこの子はゴルフ部だったけど、色々と交流はあったから」

M女学院と言えば、名だたるお嬢様学校だ。

情操教育が厳しく淑女養成校とか言われていて、女子スポーツの名門校でもあった。

「ふーん……だからあんたたち、キャラが似てるんだ」

相変わらず怖い目で梨々子は岬を見下ろしている。

「何か問題がございましたでしょうか？」

腰を折ったまま岬も梨々子をにらみ返している。

大人しげな彼女のどこにこんな闘争心が眠っていたのだろうか。雄太は恐ろしくなった。

「と、とりあえず、みんな座りましょう、お茶を出しますから、ね」

この場をどうにかしないと乱闘が始まりそうだと、雄太は必死で二人の間に割って入った。


「で……梨々子さんと優美さんはどうしてここに……」

かなり多忙なはずの二人が、揃って昼間からここに来た理由を雄太は尋ねる。

待合室のイスに並んで座る三人に向かい合って、雄太は丸イスに座っている。

梨々子と岬は離れて座らせ、ケンカにならないように、真ん中には優美に入ってもらった。

「それは私です……最近、梨々子さんと電話で話したときに様子が変だったから、道場に伺ったんです」

　話し出したのは真ん中に座る優美だ。

　さきほど、この話し方は中学高校の一貫教育の間に徹底的に指導されたものだと、優美から聞いた。

「そうしたら梨々子さんが、雄太さんと結婚してもいいかもって、仰ったんです」

　優美がそう言うと、間を開けて座る梨々子が、ぽっと頬を赤くした。

「へっ……」

　意外な言葉に、雄太はぽかんと口を開く。

　岬はやけに怖い顔で、目を大きく見開いていた。

「今まで私は一生結婚しないって言っていたのにどうしてってって聞きましたら、なんでも天にも上るようなセックスをしたと」

　おそらくこの前の焦らし責めの末の快感のことを、優美は聞いたのだろう。

　梨々子はイスの上で赤くなった顔を恥ずかしげに伏せている。どうも、やりすぎたとびびっていた雄太とは対極の想いを、彼女は抱いていたようだ。

「ちょっと待って下さい先輩……雄太さんは私と一緒にアメリカに来てもらうつもりなんです。そこの人と結婚なんて出来ません！」

いきなり岬が立ち上がり、凄まじい勢いで叫んだ。

「あっ？　そこの人って、誰に向かって言ってんだ？」

梨々子も立ち上がると二人は、大きく前に突き出した巨乳がぶつかる距離で睨み合いが始まった。

般若《はんにゃ》のような顔で上から見下ろす梨々子に対し、岬も一歩も引かずに視線をぶつけ合う。

「天にも上るかなにか知りませんけど……私だって忘れられなくなるほど愛してもらいましたから……雄太さんは譲れません」

声は可愛らしいが、岬の言っている言葉は強烈だ。

「お嬢様かなにか知らねえけど、あんまり人を馬鹿にするんじゃねえぞ」

「馬鹿になんかしてません、雄太さんは渡さないと言っただけです」

梨々子はともかく、先ほどからの岬はまさしく別人で、何か顔つきまでも変わっている。

トップアスリートというのはみんな心に虎でも飼っているのかと、雄太は奇妙なことに感心していた。

「二人とも、もう少し落ち着きましょうよ」

ウサギ並みのメンタルしかない雄太は、おろおろとしながら二人の間に入ることも出来ない有様だった。

「ちょっと待っててっ」

焦るだけの雄太に代わり、割って入ったのは優美だった。

優美はまったく臆する様子もなく、さすがに頼りになる。

「話を聞いてて思ったんだけど、岬ちゃんも雄太さんにじっくりと時間をかけてセックスしてもらったってこと？」

思いもしない言葉に、雄太はあんぐりと口を開いたままになった。

「それは……」

岬は恥ずかしそうに身体をモジモジさせている。

もともとは慎み深い性格なのだ。

「先輩の質問にちゃんと答えなさい」

一歩も引かない感じで優美は、岬に厳しい調子で言う。

「はい……先輩すみません……すごく大事に時間をかけて頂いて……岬は初めてなのにイッてしまいました」

もう顔を真っ赤にしながらも、岬はきちんと答えた。

（えええ……先輩だからってそこまで言わなきゃならんの？）

恥ずかしがり屋の優美でも拒否できないほど、先輩は強いらしい。

体育会系の上下関係は恐ろしいと雄太は思った。

「チッ！」

顔を真っ赤にする岬の前で、梨々子があからさまに舌打ちをした。

こちらはもう爆発寸前といった感じだ。

「私そこまでしてもらってない……二人だけなんて卑怯《ひきょう》だわ。雄太さん、私にもして下さい……」

睨み合う梨々子と岬を突き飛ばすように引き裂き、優美はずかずかと歩いて雄太の腕にしがみついてきた。

「ねえ二人ともいいでしょ、私も同じようにしてもらわないと。話はそれからよ」

雄太の左腕をしっかりと抱え、優美は二人を見る。

「いや優美さん、あのですね……今はそんな場合ではないのでは……」

てっきり二人を止めてくれるものだとばかり思っていた優美の暴走に、雄太は頭を抱えそうになった。

「いやです、私としてくれたときも確かに気持ち良かったですけど……それとは違うんですよね。私にも梨々子さんが結婚したくなるほどのエッチをして下さい」

雄太の腕を引っ張って優美は一歩も引かない。

「まあ……優美がそう言うなら待つけど……気持ちもわかるし」

梨々子が落ち着きを取り戻した様子で言った。

「私も先輩が仰るなら……待ちます……」

あっさりとした様子で岬も引き下がる。

「えええ……」

三人のまったく理解が出来ない行動に、雄太はもう呆然とするしかなかった。


落ち着きを取り戻した雄太を含む四人は診察室に入った。

そこで雄太は梨々子にどうして、岬とはあれだけ睨み合ったのに、優美の言葉はすぐに飲み込んだのか聞いてみた。

「あんたが誰を選ぶにしても、優美だけしてもらってないんじゃフェアじゃないだろ、女としてそんな卑怯なマネはできないよ。あの子も雄太のことが好きなのはわかってるし」

さも当たり前のことのように、梨々子はあっさりと言った。

（わからん……絶対に理解出来ん……）

一流の勝負師ゆえの考え方なのか、自分のような凡人には一生わからないような気がした。

「あ、あぁん、雄太さん、あぁん、意地悪ぅ」

一糸まとわぬ裸体を施術用のベッドに横たえた優美に、雄太は上から覆いかぶさっていた。

じっくりと焦らすように指責めをし、彼女の媚肉が自ら快感を求めてうごめき出したのを確認してから、肉棒を膣奥の手前まで挿入していた。

「あぁん、雄太さん……私も……もう……あぁん」

赤道に近い国での大会から帰ったばかりだという優美は、よく日焼けした指を噛みながら、切なげによがり泣いている。

腕や顔は日焼けしていても、テニスウエアに守られていた部分は真っ白で、仰向けの上体の上では、白い巨乳がピンクの乳首と共に切なそうに揺れていた。

「もっと我慢してもらいますよ……」

もうやけくそ気味に雄太は、焦らし責めのパターンに従い、肉棒をまったく動かさないまま、上から優美に身体を密着させている。

媚肉が奥に怒張を誘おうと必死の脈動を見せているので、勃起が収まる心配もなかった。

「ああん、くうん、優美、狂っちゃう、あああん」

ベッドの上で仰向けの身体をくねらせ、優美は喘ぎ続けている。

もともとマゾッ気が強い彼女だけに、焦らし責めの効果もかなり高い。

「そんなに声を出したら、二人に笑われますよ」

真っ赤になった耳元で囁くと、大きく開かれた、日焼け跡が眩しい両脚がビクッと引き攣った。

梨々子と岬はカーテンで仕切られただけの隣りのベッドに二人並んで座り、こちらの声を聞いている。

「はああん、言わないで、ああっ」

優美は覆いかぶさる雄太の腕を握り、長い髪を振り乱して喘ぎ続けている。

隣りの目を意識させると、媚肉の脈動がまた強くなった。

「ああん、雄太さああん、お願い、お願いですからあ」

もう耐えきれないといった風に優美は自ら腰を浮かせてくる。

その動きを察知した雄太は肉棒を少し引き、膣奥に亀頭が食い込むのを防いだ。

「どうして……あ……ああ……」

瞳を潤ませ唇を開いたまま、優美は見つめてくる。

もう頬は真っ赤に染まり、呼吸も荒くなってた。

「奥まで欲しいのですか……」

もう三十分近く、肉棒を中途まで挿入した状態で優美は焦らされ続けている。

仰向けに寝ていても大きさを失わない巨乳の頂点にある、乳首はもう痛々しく勃起していた。

「は、はい、優美は奥まで入れて欲しくてたまらないですぅ」

もうよだれを垂らさんばかりの表情で優美は懇願してきた。

「じゃあ、梨々子さんと岬さんにも聞こえるようにこう言いましょう」

雄太は優美の耳元で、淫語を並べた言葉を囁く。

淫らな言葉を自ら口にさせるのは、彼女のマゾ心を煽《あお》るためだ。

「ああ……そんな……恥ずかしい」

切ない目を向けて優美は首を振った。

「じゃあ、抜いちゃいますか」

少し腰を引き、雄太は肉棒を抜くふりをする。

「ああん、だめ、ああっ、お願い、雄太さんのおチ×チンで優美のオマ×コを突いて下さい」

肉棒が後退すると、優美は慌てて要求された言葉を叫んだ。

「よく出来ました」

雄太はにやりと笑い、引き上げかけていた怒張を押し出した。

梨々子にしたときと同じように、あくまでゆっくりと膣奥にある子宮口に食い込ませた。

「はああん、ああっ、だめ、イクうううう」

亀頭が子宮口を抉《えぐ》るのと同時に、優美は背中をのけぞらせて、エクスタシーを叫んだ。

うっすらと腹筋の浮かんだお腹がビクビクと痙攣し、日焼けした肉付きのいい両脚が引き攣っていた。

「入れただけで、イキましたね、優美さん」

雄太は優美の身体をしっかりと抱き締めて囁いた。

「あ、ああ……そんな……私の身体がおかしくなってます……」

唇を震わせ、切れ長の瞳を呆然と泳がせて、優美は狼狽えている。

入れられただけで達してしまったのだから、驚くのも当たり前だ。

「つらいですか？」

「い、いえ……こんなの初めてなくらい……気持ちいいです……」

雄太の質問に優美は幸せそうな微笑みで返してくる。

その言葉を表すかのように、肉棒を食い絞める秘裂はビクビクと脈を打ち、仰向けの上半身の上で切なそうに揺れる巨乳の先端は、天を突いて勃起していた。

「じゃあ……もっと気持ち良くなりたいですか？　梨々子さんと岬さんに聞かれていますけど」

膣奥まで差し込んだ肉棒はそのまま動かさず、雄太は質問する。

ただ彼女の肉体がさらなる悦楽を欲してうごめいていることは、怒張や密着した肌から伝わってきていた。

「ああっ、聞かれてもいい、ああん、優美を狂わせて下さい」

両腕で雄太の背中を抱き締めて優美は叫んだ。

「わかりました」

雄太はゆっくりとピストンを開始する。

強く追い上げるようなことはせず、じっくりと優美の身体を燃焼させる。

「ああん、はあああん、もうたまりません、あああん、すごいいい」

優美はもう、恥ずかしさも何もかも忘れたように喘ぎ狂う。

だらしなく開かれた両脚がビクビクと震え、肉棒と媚肉が擦れる隙間から、愛液が溢れ出して糸を引いた。

「あー、もう我慢出来ない」

恍惚と快感に酔い知れる優美が虚ろに瞳を泳がせたとき、突然、梨々子の叫び声がしてカーテンが開いた。

「声だけ聞いてるなんて辛いよ……ああ……雄太……」

ベッドに腰掛け、梨々子は耐えかねたように言うと、黒のカットソーの上からGカップの巨乳を揉み始める。

「ああ……だめ……我慢出来ないよ、あああん」

そしてその手は、パンツの中にも忍び込んでいく。

派手目の美しい顔を歪ませ、なんと梨々子はオナニーを始めた。

（な、何考えてんだよ、梨々子さん……）

自分の友人のセックスを見て自慰行為を始めてしまう梨々子に、雄太は目が点になる。

しかし、優美を追い上げている真っ最中の雄太は、カーテンを閉める余裕すらなかった。

「ああん、見て梨々子さん……私のいやらしい姿を……ああん」

優美のほうは、見られることを嫌がるどころか、さらに性感を燃やしている様子だ。

媚肉の締めつけがさらにきつくなり、肉棒を前後させるたびに、亀頭のエラに濡れた粘膜が強く絡みついてきてたまらなかった。

「ああ……先輩……すごくエッチ……です」

そしてついに岬までもが自分の身体を慰め始める。

こちらはワンピースのスカートを大胆にずらし、太腿を完全に露出したまま、パンティの中に手を入れている。

(もう無茶苦茶だな)

いきなりオナニーを始めた二人に驚いているのだが、雄太は周りのことを気にしている場合ではない。

今は目の前の優美に集中して、より深く感じさせなければならないと考えていた。

「あっ、ああん、またイキます、ああん、優美、イク」

優美が激しく腰を震わせ、エクスタシーに上りつめる。

ベッドの上で上半身がバネでもついたかのようにのけぞった。

「まだまだイキましょう、優美さん」

優美の肉体が、連続で絶頂を得ることが出来るようになっていることに気がついた雄太は、肉棒を休めずに突き続ける。

「あ、ああん、どうして、ああん、イッたのに、またイキそうです」

戸惑う表情とは裏腹に、媚肉の強い収縮が始まる。

ドロドロに溶け落ちた膣肉がもっと快感を貪ろうと、亀頭に絡みついてきた。

「何度でもイケるようになったのですよ、優美さんは……すごくエッチな身体にね」

わざと突き放すようなことを言い、雄太はピストンを速めていく。

「くうう、ああん、私、もうだめな女になったのですね、ああん」

見事にマゾッ気を発揮して、優美はさらに身悶えを激しくしていく。

もう肉体は完全に彼女の意志を離れ、快楽を貪るだけの生き物と化していた。

「あ、ああ……優美……すごくエロいよ」

隣りのベッドにいる梨々子と岬のオナニーにもさらに熱がこもっている。

もう二人とも乳房を剥き出しにして揉みしだき、懸命に秘裂を指で慰めていた。

「ひあああ、雄太さん、私、イキます、はああん、イクううう」

優美がまた切ない声を上げて、開かれた両脚をピンと伸ばしてエクスタシーに駆け上がった。

「まだまだ」

もう息も絶え絶えの優美の秘裂を、雄太の巨根が掻き回す。

「ああっ、だめ。今したら、ああっ、ひぐっ、くうう」

エクスタシーの発作のさなかに子宮口を抉られた優美は、表情を一変させ、瞳を大きく見開いた。

「くっ、ひぐっ、くううう」

もう喘ぐことも出来なくなり、優美は巨乳が千切れるかと思うほど、ただ全身を暴れさせる。

「イ……ク……」

声にもならないような言葉でそう言った瞬間、優美の全身が痙攣を起こす。

小麦色の両脚がVの字形に伸びきり、全身の肌が波打った。

「はあはあ……」

優美が究極のエクスタシーに上りつめたことを感じ、雄太はゆっくりと怒張を引き抜いた。

雄太自身は射精していないのに、万力のような膣肉の締めつけのなかにあったせいか、肉棒が不思議な満足感に包まれていた。

「あ……ああ……はあああ……」

秘裂から肉棒が去ったあとも、腹筋を痙攣させている優美がようやく息を吐いた。

「ああ……これが、梨々子さんが言ってたこと……ああ……私、本当に天国に行きそうでした」

形のいい乳房ごと、胸を上下させながら、優美は虚ろな瞳で言う。

意識もちゃんとしているようなので、とりあえず心配はないようだ。

「ふう……」

ようやく一息つけた感じで雄太はベッドを降りた。

ただ問題は何一つ解決していない。

「雄太、私もう、我慢出来ないよ」

耐えかねたように梨々子は叫ぶと、隣りのベッドから飛び降り、床に立つ雄太の前に膝をついた。

「な、なにやってるんですか、梨々子さん」

梨々子はあっという間に服を全て脱ぎ捨て、大きな乳房を揺らしながら、優美の愛液にまみれた逸物にしゃぶりついてきた。

「あふ……んん……」

亀頭にまとわりついた女の跡を拭い取るように、梨々子は丁寧に舌を動かし、亀頭のエラの裏まで舐めていく。

「くうう、梨々子さん、そこは……」

まだ射精をしていない逸物がビクビクと脈を打つ。

快感が背骨を突き抜け、雄太は情けない声を上げて膝を震わせた。

「ああ……雄太さん、私も……」

岬も同じように服を脱ぎ、真っ白なEカップとピンクの乳首を見せつけながら梨々子の隣りにしゃがんだ。

「ああ……んん……」

そして、可愛らしい舌を出し、チロチロと雄太の玉袋を舐め始めた。

「くうう……岬さん……そこはだめ……」

柔らかく、ぬめった舌で玉を転がされ、脚の震えがさらに大きくなる。

「あふ……雄太のおチ×チン、ヒクヒクしてる……んん」

梨々子は大きく唇を開き、拳大の亀頭部をしゃぶりだす。

「ああ……逞しいです……んん……」

岬は舌を大きく前に突き出し、竿の根元を舐めてくる。

二人の美女が顔を並べて自分の肉棒を舐めている姿を見ていると、雄太の心はさらに興奮してきた。

「ああ……雄太……早く私に頂戴《ちょうだい》……」

しゃぶるのを止めて、梨々子は瞳を蕩けさせて言った。

もう身体が昂ぶりきっているのだろう、全身から牝の香りが漂ってくる。

「だめです……雄太さん……私として下さい」

切れ長の瞳を向けて岬も続いた。

こちらも細身の身体の前で揺れる乳房の先端にある乳頭が、天を突くように勃起している。

「そんなの雄太が決めることだろ。ねえ雄太、コレを入れたいのは私の方だよね」

梨々子はうっとりとした顔で、肉棒を手でしごきだした。

「違います、私です」

唇を尖らせて岬は雄太の玉袋を揉み始める。

ついこの間まで男性恐怖症に苦しんでいたとは思えない大胆さだ。

（目的は俺のチ×ポだけかよ……）

雄太は自分が、何かバイブのように思われているような気がして、だんだん腹が立ってきた。

（こうなったら……）

頭の中で何かの線が切れた雄太は、二人の頭を両手で摑む。

「じゃあ、二人同時に相手をします、そこのベッドに並んで手をついて、お尻を突き出して下さい」

「やだよ、こいつと一緒なんて……」

梨々子が不満そうに言って、岬を見た。

「それはこっちのセリフです」

さすがの気の強さを発揮し、岬も引く様子はない。

「いやなら、もう入れませんよ……」

もう完全におかしくなっている雄太は、冷たい口調で二人を見下ろす。

「そんなあ、いやっ」

気の合わないはずの二人の声が見事にハモった。

「ああ……雄太……早くう……」

「雄太さん……恥ずかしいです……ああ」

結局、肉欲には逆らいきれなかったのか、梨々子と岬は裸体を横並びにして施術用のベッドに両手をつき、真っ白なヒップを後ろに突き出している。

鍛えられた筋肉の上にねっとりと脂肪が乗り重量感がある梨々子の巨尻、同じくトレーニングの成果できゅっと引き締まった岬の小ぶりなヒップ、どちらも甲乙付《こうおつ》けがたかった。

「すぐに入れますよ……」

目の前にある見事な白尻と、愛液にまみれたピンクの媚肉を前にしても、雄太は妙に冷静だった。

変なスイッチが入ってしまったのか、この二人をとことん追い上げてやろうと開き直っていた。

「まずは岬さんから……」

雄太は岬の張りのある小尻を摑み、肉棒を押し込んでいく。

「は、はあああん、ああっ、大きい、ああん、岬の中がいっぱいになっています」

ベッドに両手をついたまま、立ちバックの体位で雄太の巨根を受け入れ、岬は白い背中をのけぞらせる。

反応がかなり強く、まだ二回目の経験とは思えない淫らさだ。

「ああん、雄太さん、あっ、あっ、あああ……」

ピストンが始まり、パンパンと肉のぶつかる音が響く。

腰を九十度に折った身体の下で、Eカップの乳房が激しく前後に揺れていた。

「あっ、雄太、私は、ああ……お預けなの……」

同じポーズで突き出した尻を揺らしながら、梨々子が訴えてきた。

「もうちょっと辛抱していて下さい」

雄太は重量感のある梨々子の尻たぶを片手で鷲づかみにして言う。

「ああん……ひどい……これ以上、焦らされたら私……死んじゃうよう」

長い髪を振り乱し、大きな瞳を涙に潤ませて梨々子は見つめてきた。

「もうっ、仕方ないですね」

雄太はあくまで主導権は渡さないように冷たく言いながら、岬の中から怒張を引き抜く。

「あ……いやん……あああ……」

わずか一分ほどのピストンで岬は感じすぎてしまったのか、もう膝から崩れかけ、ベッドにしがみついて身体を支えている有様だ。

「二人とも淫らすぎですよ」

梨々子のヒップの前に移動した雄太は、いきり立つ巨根を一気に突き出す。

「はああん、来たっ、雄太の大きいの、あああん」

梨々子の媚肉はもう待ちかねていたのだろう、歓喜に震えながら怒張を飲み込んでいく。

「くうん、ああん、すごいよう、雄太っ、あああん」

乱暴に亀頭を子宮口まで押し込んでも、梨々子は痛がるどころか、グラマラスな肉体を震わせてよがり狂っている。

鍛え抜かれた広背筋の辺りが断続的に引き攣り、逆Vの字に開かれた肉付きのいい白い脚が切なげによじれていた。

「まだまだ、これからですよ」

雄太は亀頭を梨々子の膣奥にぶつけるようにして、腰を激しく使う。

もう充分に焦らされていた媚肉は、粘膜を怒張に絡みつかせ、少しでも快感を貪ろうと、ぐいぐい締め上げてきた。

「はああん、雄太、ああん、いい、気持ちいい、ああん」

ためらいなく快感を叫び、梨々子は喘ぎ続けている。

両脚は震え、こちらも身体を支えているのが辛そうだ。

「ああっ、もう、私、ああん、おかしくなる」

すでに昂ぶりきっていたのだろう、梨々子はあっという間に極みに向かっていく。

「おっと、そんなにすぐにイッたらつまらないでしょ、梨々子さん」

彼女の限界が近いことを察知した雄太は、素早く肉棒を引き抜く。

「あ、いやっ、もう少し、ああん」

切なげに巨尻を揺らす梨々子から離れ、また岬に挿入する。

「はああん、雄太さん、くうん、すごくいいです、ああん、ああっ」

快感のあまり悩乱しているのか、慎み深い性格の岬も自ら快感を叫んでいる。

(二人ともなんていやらしいんだ……)

梨々子と岬をこんな身体にしたのは自分だが、雄太は妖しく乱れる二人に興奮し、
さらに腰を強く振り立てる。

「ああん、雄太さん、私……もうだめです、あっ、あっ、あああ」

細身の上半身を何度ものけぞらせ、岬はすぐに限界を叫ぶ。

こちらもすでに極みの寸前だったようだ。

「ああっ、雄太さん、はああん、もうイク、イクぅぅぅぅ」

立ちバックの体勢のまま岬は白い身体を痙攣させる。

背中が何度も弓なりになり、長い脚が何度もよじれた。

「ううっ、すごい締めつけです、岬さん」

エクスタシーと同時に媚肉が吸盤のように吸いついてきた。

まだ射精出来ないので懸命に耐えたが、雄太も快感に膝が折れそうだった。

「あ……あああ……」

岬はそのまま床に崩れ落ちていく。

かろうじて頭だけがベッドの端に引っかかり、床に横座りの形で、ピンクに染まる裸体を脱力させていた。

「さあ最後は、梨々子さんです……」

なんとかイクことを耐えた肉棒を、愛液が糸を引く梨々子の膣口に押し当てる。

「ああ、来て雄太……私をめちゃくちゃにしてぇ」

梨々子の叫びに答えるように、大きく張り出した尻たぶを両手で摑み、肉棒を押し出す。

「ああん、最後まで、あああん、薬飲んでるから、ああん、中でいっぱい出して」

ベッドに突っ伏した状態の梨々子は、顔だけを懸命に捻って叫ぶ。

いつもは鋭い瞳も完全に溶け落ち、凛々しい口元も開きっぱなしだ。

「はい……全力でいきますよ」

三人連続で相手をして、体力的にも自分の限界を悟っている雄太は、最後の力を振り絞って腰を振り立てる。

「ああん、来て、あああん、子宮が壊れるまで突いてえええ」

快感に身を任せ、梨々子は絶叫を続ける。

立ちバックの姿勢の身体の下で、Gカップの巨乳が釣り鐘のように激しく揺れ、ときにぶつかり合う。

「あ、あああっ、あああん、いい、もうだめになる」

ベッドに爪を立て、梨々子は巨尻をさらに前に突き出してきた。

「はあああん、イク、イクうううう」

絶叫と共に梨々子は身体中の肌を波打たせて、エクスタシーに上りつめる。

膣内も同じように大きな収縮を見せ、肉棒が千切れるかと思うような圧力が来た。

「で、出る……ううう」

今度はもう我慢せず、雄太は快感に身を任せていく。

怒張が脈打ち、梨々子の子宮に向けて熱い精が放たれた。

「ああっ、来てる、ああ、雄太の精子が私の子宮に染み込んでるよう」

梨々子は呂律《ろれつ》すら怪しい状態で、歓喜によがり泣きながら、雄太の射精を全て膣奥で受けて止めていった。

「ふうう……終わった……」

ようやく息を吐いて、雄太は梨々子の中から肉棒を引き抜いた。

「ああ……もうだめ……」

梨々子も身体を支えていられずに、床に崩れ落ちる。

向こうのベッドにいる優美も、まだ恍惚とした様子で身体を横たえたままなので、裸の女三人が悦楽の余韻に浸っているという異様な光景だ。

「お前は何をやってるんだ」

その時、肉棒をだらりとさせたままの雄太の後ろから、聞き覚えのある渋い声がした。

「げっ、祖父ちゃん……」

ゆっくり振り返った先にいた、旅行カバンを手にした祖父の姿に、雄太は飛び上がって目を剝いた。

「この馬鹿もんがあ！」

祖父の固い拳が雄太の脳天にめり込んだ。

頭が割れるような衝撃が突き抜け、目の前で火花が飛んだ。

「くうううう」

ゲンコツをもらうのは中学のころ以来だろうか、年老いても腕力は衰えていない気がする。

「どれだけのことをしたのか、わかっていないようだな、雄太……」

手で目を覆って伍郎はため息を吐いた。

梨々子たち三人はタクシーを呼んで帰宅させ、雄太は祖父とともに自宅に戻っていた。

「すいません……」

伍郎と向かい合って居間の畳に座り、雄太はうなだれた。

ただ祖父がここまで頭を抱えている理由までは、理解出来ない。

「お前……今のままだと三人ともセックス中毒になるだけだぞ」

シワの刻まれた鋭い目を向け、伍郎は低い声で言う。

梨々子とはまた違う威圧感があった。

「えっ……」

セックス中毒と言えば病的に性行為を求めてしまう人のことだ。

海外の有名人などの話で聞いたことがある。

「あの資料に書いてある房中術はな、普通の人間向けじゃない。昔の殿様や皇帝が後宮の女たちを発情させて妊娠させるためのテクニックなんだ」

静かに伍郎は語り始める。

「お前のしていたことを何度も繰り返したら、それこそ女は常に身体が発情した状態になる。だが皇帝に仕える女たちはそれでもいい、なぜかわかるか？」

「こ……子供を産むのが仕事だから……」

雄太も歴史物の映画か何かで見たことがある。

彼女たちは王様以外の男が入れない特別な場所に住み、子供、それも男子を産むことが生きる目的と言っていい。

「そうだ、だから常に身体が疼いていても大した問題ではない。しかし、それを今の女性に当てはめて考えて見ろ」

「あ……」

落ち着いて含ませるように伍郎は言った。

怒鳴られるよりも心にこたえる。

「想像力のないお前でもわかるだろう、出来上がるのは毎日のようにセックスをしないと満たされない女性だ。昔の皇帝ならそれでもいい、一生、女たちの生活を支えることが出来るからな」

確かに将軍や皇帝なら、子供を産んだあとの女性を、物心両面から支えることなどたやすかったはずだ。

「お前にそれが出来るのか？　しかも、これから未来のある三人に……」

雄太はうなだれたまま、何も言い返すことができない。

海外で活躍することを夢見ている岬、すでに活躍している優美、そして、まだまだトップに君臨し続けるであろう梨々子、彼女たちの心を自分のものにするということは、アスリートとしての未来を奪うことになりかねない。

「祖父ちゃん……俺……とんでもないこと……」

ノートの一ページ目に、性に溺れてはいけない、と書かれていた理由を雄太はようやく理解した。

戒めを無視し、禁止された挿入を繰り返した自分に全ての非がある。

「祖父ちゃん……どうしたら俺……」

どうすれば彼女たちを救うことが出来るのか、雄太には何もわからなかった。

「お前は何もするな。ワシが施術してあの子たちの心をお前から切り離す。だから何も手を出してくれない方がいい」

祖父は突き放すように言って、立ち上がった。

「うん……お願いします……」

辛いが、何もしないほうがいいというのは正論だ。

雄太はもううなだれて、肩を落とすしかなかった。

「ただ雄太……」

台所のほうに行こうとした祖父が振り返り、雄太も顔を上げた。

「好きな男と共に生きるのも女の幸せの一つだ。お前がもし一生を添い遂げたい、外国の試合について行ってでも面倒を見たいという人がいるのなら、言いなさい」

ここだけはやけに優しい口調で言い、伍郎は台所に消えていった。

「どうしたの？　雄太がうちにくるなんて珍しいね」

整骨院の隣りにある麻美の家に雄太は来ていた。

彼女の自宅も古めの家で、麻美の部屋も畳の上にベッドや机が置かれていた。

「すまん……」

Tシャツにショートパンツ姿で微笑む麻美に雄太は力なく言った。

「お祖父さん、帰って来たんでしょ。なにかあった？」

ベッドに腰掛けて麻美は笑顔を向けてくる。

雄太が落ち込んでいるので、明るく接しようとする彼女の心遣いが感じられた。

「麻美……」

雄太はベッドに飛び込み、しがみつくようにして麻美の胸に顔を埋めた。

家ではブラジャーを着けないのか、Tシャツ越しの巨乳がやけに柔らかかった。

「だめだよ……雄太。下にお父さんとお母さんもいるし……」

力強く抱きしめる雄太に、麻美が慌てた様子で言う。

「そんなんじゃねえよ……」

もちろん彼女とセックスをしに来たわけではないのだが、思いをうまく口に出来ない。

「なにかあったの？」

麻美は優しい声で言うと、雄太の頭をそっと抱き締めてきた。

ベッドに横座りの小柄な麻美の胸に、大の男が顔を埋めているという、なかなかに情けない姿だ。

「俺は……」

麻美の胸に顔を押しつけたまま、雄太は全てを話した。

軽蔑されるのはわかっていたが、梨々子たちと同じように、自分と情をかわした麻美に黙っていることは出来ないと思った。

「そうか……でも……それでも私は雄太が好きだよ……」

全てを聞いた麻美は優しく、雄太の頭を撫でてきた。

「え?」

驚いて雄太は顔を上げる。

「そりゃ馬鹿だとは思うけど……でも最初はその人たちのことを思ってしたことなんでしょ……だから私は全部が全部、雄太が間違っているとは思わないよ」

大きな瞳を細めて微笑みながら、麻美は言った。

「麻美……」

雄太は再び麻美の胸に顔を埋めた。

「ごめん……ちょっと泣いてもいいか……」

「うん……いいよ……」

うなずいて麻美は、もう一度雄太の頭を抱いてくれた。

雄太は全ての思いを吐き出すように、声を上げて泣き始めた。

第七章　妬ける快楽

伍郎が帰って来てから一ヶ月が経ち、整骨院は再び盛況を取り戻していた。

梨々子たちとは連絡を取ることを禁止され、伍郎の助手として汗を流すなか、雄太は決着をつける覚悟を決めた。

伍郎に全てを話し、整骨院の終わり時間に梨々子たち三人を呼び出してもらった。

「どうも申し訳ございませんでした」

久しぶりに会う三人の美女に向けて、雄太は待合室の床に頭を擦りつけて土下座した。

今日も派手めの服装の梨々子も、清楚な感じの服を着た優美と岬も、黙って雄太を見下ろしている。

「納得がいくまで、コイツをボコボコにしてもらって構わんぞ」

診察時間が終わったあとの静まりかえった待合室に、伍郎の冷たい声が響く。

深夜に伍郎が三人に施術を何度もしていたことは知っていたが、もちろん雄太は覗くことすらしていなかった。

「三人のうち誰かを選ぶとかじゃなくてですか？」

静かな声でゴルファーの岬が言う。

彼女もこの間、アメリカに来てくれと言ってしがみついてきたときよりは、だいぶ落ち着いて見えた。

「そうです、実は幼なじみの子がおりまして、その人のことを愛してます」

頭を擦りつけたまま、雄太は正直に言う。

祖父の伍郎には先に麻美と付き合っていきたいと話してあった。

「ふーん、私たちよりいい女なんだ」

土下座する雄太の前に梨々子がしゃがみ、肩を持たれて身体を起こされた。

(殺される……)

鼻先で見つめる梨々子の冷たい瞳に雄太は身体がすくむ。

半殺しに合う覚悟はしてきたとはいえ、怖いものは怖い。

「まあ仕方がないね……他の女っていうのは腹が立つけど、雄太が決めたようにしようと思って今日はここに来たし」

にっこりと笑って梨々子は立ち上がった。

「そうですね……院長先生のおかげで身体の疼きもなくなりましたし」

梨々子の後ろで優美が言い、隣で岬も頷いている。

「そんな、それじゃあ僕の気がすみません……」

色々あったとはいえ、雄太のせいで彼女たちが傷ついたのは事実だ。

なんの罰も受けないままでは申し訳が立たない。

「じゃあ、三人から一発ずつ殴られたらいい、立て雄太」

「はい……」

伍郎の言葉に頷いて雄太は立つ。

「ケジメはつけにゃならん、すまんが優美さんから、一発ずつ頼む」

待合室に直立不動で立つ雄太の前に優美が歩み出て来た。

「いい整体師になってね……」

言うと同時に、強烈な平手打ちが右の頬に飛んできた。

さすがと言おうか、女性なのに意識が飛ぶかと思うほど強烈だ。

「雄太さん、私は後悔してませんから……」

次に岬の手のひらが右頬に命中する。

左右に強烈な衝撃を受け、脳が揺れてくらくらした。

「最後は私か、頭はシャレになんないから、こっちで勘弁してやるよ」

プロレスラーの梨々子の一撃は、腹筋を突き破られるかと思うような強烈なボディブローだった。

「ぐ……」

雄太は呼吸が出来なくなって、その場でうずくまった。

「でも雄太……エッチなことを除いてもあんたはいい男だよ。もっと自信を持って生きなよ」

お腹を抱えて膝をつく雄太の顔を両手で挟み、梨々子は軽くキスをしてきた。

「あーなんかすっきりした、呑みに行こうっと」

立ち上がって背伸びしながら、梨々子は笑う。

きついところもあるが、性格のさっぱりした女性だ。

「雄太さん、幸せになって下さいね……」

岬も、そして優美も続けて雄太に唇を重ねてから、背を向けた。

「じゃあ今日は私のおごりだ、焼肉行こっ」

「はーい、お供します」

三人の美女はキャッキャッと盛り上がりながら、整骨院を後にした。

「雄太、憶えておけよ、しょせん、男は女の強さには勝てんのだ」

にやりと笑って伍郎が言う。

「はい……」

彼女たちの残り香を感じながら、雄太は頷いた。


伍郎と雄太の懸命な施術のかいもあってか、麻美の腰はかなり回復し、久々に大会に出場することになった。

トップレベルの大学の何校かが集まっての練習試合的な大会だが、協会の偉い人などもも見守る中で行われるので、皆、記録や順位を狙うために仕上げてくるらしかった。

「もう来週か……」

自宅のベッドで麻美の腰をマッサージしながら雄太は声をかけた。

「そうだね……」

うつ伏せのまま麻美は静かに言う。

彼女にとっては絶対に結果を残さなければならない大会だ。

ここの結果で、この先も上を狙うのか、それとも引退するのか判断されるのだ。

「がんばれよ……」

そんなことは、雄太に言われなくても彼女は全力を尽くすだろう。

ただ気になるのは腰だけでなく全身の筋肉が緊張していることだ。

（これで実力が出せるのか……）

このままでは、あがり症で実力が出せずに終わってしまうのではないかと雄太は懸念していた。

プレッシャーの強さは彼女が今までで経験した中で一番のはずだからだ。

「お前……特別マッサージは受けなくていいのか？」

全ての経緯を知っている麻美に、今の自分が言える言葉ではないと思うが、勇気を振り絞って雄太は聞いた。

「そうね……この緊張は取りたいんだ……雄太がしてくれるの？」

耳をピンクに染めて麻美は言った。

相変わらず顔もうつ伏せのままで会話しているのは、やはり恥ずかしいのだろう。

「俺は出来ないよ……性感マッサージは祖父ちゃんに禁止されてるし、それに俺がやるより……」

ここまで言ったとき、麻美が突然起き上がってきた。

「じゃあ雄太は、私が他の人に感じさせられても平気なの？」

ショートカットの黒髪の顔を向け、大きな瞳でじっと見つめてくる。

その表情はなんとも言えない寂しさに満ちていた。

「へ、平気なわけないだろ……でも悔しいけど……俺の今の技術じゃ祖父ちゃんに遠く及ばねえ。はいそうですかって、引き受けられるわけないだろ、お前の進退のかかった大会なのに……」

半分本音、半分嘘だった。

特別マッサージを受けるのなら、自分よりも祖父の手でしてもらうほうが麻美のためだ。

あとの半分、麻美が祖父に喘がされる姿に異様な興奮を覚えるということは、もちろん言えなかった。

「私は雄太にしてもらいたいんだけど……でも雄太が私のためを思って言ってくれるんなら」

赤くなった顔を伏せて、麻美はぼそりと言った。

試合の前々日、麻美は伍郎から特別マッサージを受けることになった。

これも自分の責任と、依頼は雄太から伝えた。

伍郎は微妙な顔をしていたが、今回の大会に麻美の選手としての運命がかかっていると聞くと、何も聞かずに了承してくれた。

「よし……こんな感じか……」

昼休み、伍郎が自宅に帰っている間に、診察室の奥にある物置部屋の中を整理しながら、雄太は頷いた。

一畳ほどの奥行きのある物置だが、掃除用具と松葉杖が十本ほど入っているだけなので、片付ければ人が一人入るくらいのスペースは簡単に出来る。

「ちゃんと見えるな……」

懐中電灯を持って用具入れの中に入った雄太はドアを閉め、中に置いた脚立《きやたつ》に昇った。

整骨院の建物自体が古いので、ドアの上下には隙間があり、そこから覗くと、施術用のベッドが見えた。

「今日、ここで麻美が……」

暗い物置の中から、誰もいないベッドを見つめているだけなのに、裸の麻美がよがり狂う姿を想像すると、胸の奥が締めつけられる。

息が苦しいほど嫉妬を覚えているのに、肉棒が熱く燃えてきた。

(俺は……おかしくなっているのか……)

雄太自身も嫉妬が性的な興奮に変わる感覚が理解出来ない。

しかし、それは理屈ではなく本能的なものなのだ。

「実際に麻美が感じてるところを見たら、俺はどう思うのだろう……」

自分の中から湧き上がる欲望を雄太は抑えきれなかった。

「すまん……麻美……どうしても……」

申し訳ないと思いながらも、喉がカラカラになるほど雄太は興奮している。

今夜、麻美がよがり泣く姿を見ることで、自分の中に何かの答えが出るはずだと、
雄太は思った。


診察時間が終わり、夜も更《ふ》けたころ、雄太は脚立の上に腰掛け、ドアの隙間から診察室をじっと覗いていた。

伍郎は一度、家に戻って食事を済ませるので、片付けは自分がするからと言って先に帰らせた。

そして、家にいても気になるから出かけてくると連絡し、それからずいぶんと長い

間、一人で暗闇の中にいた。

（来た……）

裏口のドアが開く音がし、まずは祖父が、そして麻美が現れた。

（麻美……）

恥ずかしげな表情でずっと下を向いている麻美が、ドアの隙間の向こうに見える。

いつものようにTシャツとショートパンツ姿の麻美なのに、雄太は見ているだけで異様な興奮を覚えた。

「じゃあいつもの格好で」

「はい……」

静かな会話のあと、麻美がカーテンで仕切られたベッドのほうに行き、そして戻ってきた。

（おお……）

再び視界に現れた麻美は白のブラジャーとパンティだけの姿になっていた。

「じゃあ座って……」

伍郎がいつも以上に優しい声で言うと、下着姿の麻美がベッドにちょこんと座る。

筋肉のついた肩に手を置いた伍郎は、ゆっくりと解し始めた。

「かなり固いな……雄太の奴、毎日どんなマッサージしてるんだ」

丁寧に肩を揉みながら伍郎は後ろから、麻美に囁きかける。

距離は離れているが、上から見下ろす形になっているため、ブラジャーのカップに押し上げられた麻美のふくよかな柔肉の谷間が見える。

（ああ……麻美……）

まだ肩を揉まれているだけなのに、雄太の手は白衣のズボンの上から股間をまさぐっていた。

「しかし……本当にあの馬鹿でいいのかい？　麻美ちゃんならもっといい男がいるだろうに」

伍郎は雄太には見せたことのない優しい口調で話しかけている。

普段はぶっきら棒なのに、こういうところはまさしくプロだ。

「ふふ……その馬鹿なところも含めて好きなのよ……お祖父さん」

麻美は伍郎に対してお祖父さんと呼んでいる。

これは彼女の祖父が早くに亡くなっているため、小さい頃、伍郎のことを自分の祖父だと勘違いしていたことからきているらしい。

（誰が馬鹿だ……）

ドアの隙間から、仲のいい二人の様子を見ながら雄太は嫉妬に狂っていた。

まだまだ修行が足りないということだ。

「あふ……あっ」

リラックスした雰囲気に診察室が包まれたとき、突然、麻美の甲高い声が響いた。

（ええっ、もう……）

伍郎は特に何も言わず、指で麻美の首のツボを刺激している。

ノートに書いてあったセオリー通りだが、指の動きの滑らかさが、雄太とは比べものにならない。

「ああ……お祖父さん……あっ、くう」

下着だけの身体をくねらせて麻美は喘ぎ続けている。

背中が断続的にのけぞり、ブラジャーに包まれた巨乳がブルンと上下に踊っていた。

（祖父ちゃんの性感マッサージは、こんなにすごいのか……）

ぱっと見た感じだと、指で首筋をくすぐっているようにしか見えないが、麻美の肉体は確実に興奮している。

その証拠に、日焼けしていない部分の肌が、ほんのりとピンクに上気していた。

「ああっ、そこは、あっ、ああっ、ああ……」

続いて脇を刺激された麻美は、クネクネと腰をよじらせて喘ぎ声を大きくしていく。

もう唇は開きっぱなしになり、かなり呼吸も荒くなっているように見えた。

(俺としたときにはあんな顔……)

あの時は雄太もテクニックらしいものは使わなかったとは言え、今の麻美の感じ方は尋常ではない。

悔しさに歯がみしながら雄太は、両脇を刺激されながら、色っぽく身悶えする幼なじみを食い入るように見つめた。

「そろそろ、横になるか……」

伍郎の手が脇から離れると、麻美は大きく息を吐いて脱力した。

その横顔はたまらなく色っぽく、離れているのに、吐息が湿っているのが感じられるほどだ。

「横になる前に上も脱ごうか……」

伍郎の言葉に麻美は頷くと、背中に手を持っていき、ブラジャーのホックを外した。

白いカップが下に落ち、たわわで張りのある美しい巨乳が飛び出してきた。

(麻美……あんな顔をするんだ……)

雄太はベッドの足元のほうから見下ろす形のため、麻美の顔がはっきりと見えたのは今が初めてだ。

艶のある唇を半開きにし、目を潤ませた麻美はまさしく別人だ。

(首と脇だけであの麻美がここまでなるんだ……そりゃみんな頼りにするよな)

嫉妬に身悶えしながらも、雄太は妙に冷静に伍郎のテクニックに魅入られていた。

「あ……お祖父さん……くうん」

一心に見つめる雄太の視線の先で、祖父の手が、寝ていてもこんもりと盛り上がった麻美の巨乳に伸びていく。

十本の指がまるで別々の意思でももったかのように、柔乳に食い込んでいる。

その動きは揉んでいると言うよりも、乳房の肌に指が吸いついているといった感じがした。

「はあん、あっ、そこは、くうん、はあん」

時折、指先が頂点にあるピンクの乳頭に触れると、麻美は一際大きな声を上げて、身体を震わせている。

乳頭はもうすでに勃起していて、痛々しさを感じるほど強く天を突いていた。

「好きなだけ感じていいんだよ」

乳房で麻美を喘がせたあと、伍郎の指は乳頭に集中していく。

爪先で軽く掻いたり、親指と人差し指で摘まんだりを繰り返す。

「くうん、はあぁん、恥ずかしい、ああん、けど……ああん」

乳首責めが始まると、グラマラスな身体をベッドの上で波打たせて麻美はよがり泣く。

寝た当初は緊張気味に閉じ合わさっていた、ムッチリとした太腿も自然に開き、パンティに覆われた股間が覗いていた。

「恥ずかしいけど、どうしたんだい？」

指の動きを小刻みにして、伍郎は麻美の乳頭を同時に責めている。

「ああん、恥ずかしい……でも、ああん、気持ちいい……」

もう身体全体を朱に染め、麻美は自ら快感を口にした。

「気持ち良くなっていいんだよ……その先に究極のリラックスがある」

「はい……あああん……いい……あああ」

だらしなく開かれた両脚を引き攣らせ、麻美はどんどん快感に没頭していっている。

白いパンティに包まれた腰が蛇のようにくねり、唇ももう開きっぱなしで、チャームポイントの八重歯が見えていた。

「ああ……麻美があんな風に……」

いつも飄々としていて、あまり感情を表に出さない彼女が、自ら快感を口にして喘ぐ姿に、雄太は息が詰まるほど苦しい。

だが肉棒はギンギンにたぎり、ズボンの中に収めているのが苦しくて、雄太はファスナーを降ろして剝き出しにした。

（ああ……麻美が祖父ちゃんに喘がされてる顔……なんて興奮するんだ……）

懸命に怒張をしごきながら、雄太は麻美のよがり顔を見つめ続ける。

（こんなことに興奮するなんて……俺は変態だ……）

愛する人が自分以外の手で悦楽に燃える様を見ていると、心の昂ぶりが止まらない。

嫉妬の感情が快感に変わる、いわゆるマゾ的な感覚なのだろう、自分でもおかしいとは思うのだが、意思の力ではどうにもならなかった。

「ああん、お祖父さん……ああん……すごい……はああん」

施術者としての敗北感も加わると、雄太はさらに興奮する。

喉がひりつき、肉竿をしごく手はもう止まらなかった。

「下を脱がすよ……」

ついに伍郎の手が麻美のパンティにかかった。

ムチムチの太腿を白い布が滑り落ち、薄毛の土手が露わになった。

（すげえ、ビショビショだ……）

力なく開かれた両脚の中央にピンクの割れ目が姿を現す。

花びらの小さなそこはすでに大量の愛液が溢れていて、離れた場所にいる雄太のところからでも、ヌラヌラと輝く姿を見ることが出来た。

「もう中からいってもよさそうだね」

クリトリスを飛ばし、伍郎は膣内に指を押し込んでいく。

「あうっ、ああっ、ああん、いい、気持ちいい」

伍郎の太い指が二本同時に、肉厚の媚肉を割った。

シーツ代わりに敷かれたバスタオルを握りしめ、麻美はたわわな乳房を震わせて悶絶している。

「あっ、あああ、お祖父さん、はあん、声が止まらない、ああん」

鍛えられた腹筋が波打ち、腰が自然に浮き上がっている。

身体中から淫らな気が溢れ、大きな瞳はもう虚ろになっていた。

（すげえ……）

まだ伍郎の指は、麻美の入口を掻き回しているだけだ。

なのに麻美はもう切羽詰まった様子で、息も絶え絶えだ。

（これが本物の性感マッサージ……）

あらためて自分の実力不足を感じながら、雄太は見入っていた。

「もう奥もしていいいんだよな？」

よがり続ける麻美に向けて伍郎が囁いた。

「う、うん、麻美……あああん……奥もされたい……」

仰向けで乳房を揺らす麻美が、潤んだ瞳を向けて伍郎に訴えた。

伍郎が旅に出る前、彼女はヴァージンだったのだから、膣奥にまで指を挿入することは出来なかったのだろう。

だが今は問題ない。

（ああ……麻美……あんなに甘えた声を出して……）

テクニックに感心していた雄太は再び嫉妬に心を締めつけられる。

今の麻美はもう心まで、伍郎が与える快感に蕩けているように思えた。

「いくぞ……麻美ちゃん、力を抜いて」

男の太い指が一気に根元まで、濡れそぼる媚肉の中にすべり込んだ。

「はあああん、いいっ、ああん、すごい、ああっ」

もう麻美はたまらないといった風に、大声でよがり泣き、差し出された祖父の左手を握り締める。

腰がくねるたびに、激しく横揺れする柔乳の頂上にある、ピンクの乳頭はずっと勃起しっぱなしだ。

「好きなだけ感じていいんだよ……麻美ちゃん」

右腕を前後に動かし、伍郎は強く麻美の中を責めていく。

「あ、あああん、もうっ、くうう」

歯を食いしばり、麻美が腕や脚に力を込めた。

もう限界が押し寄せてきたのだ。

「おっと……」

彼女が今まさにイこうとした瞬間、伍郎の指ピストンが突然止まる。

さらに伍郎は、指をゆっくりと斜め上に引き抜こうとした。

「あああっ、あああん、お祖父さんの、意地悪う」

麻美はブリッジをする形で自ら腰を浮かせ、去ろうとする指に向けて秘裂を突き出していく。

頭で考えてしているのではなく、身体が勝手に動いているといった感じだ。

「はは、ごめんごめん、いたずらが過ぎたな」

そう言うと伍郎はゆっくり焦らすように右手を下ろしていった。

それにつられて、麻美の腰もベッドに降りていく。

(こんなやりかたも……)

今ので麻美の媚肉は何倍も敏感になったはずだ。

焦らされることにより、身も心も伍郎の指を待ちわびているのだ。

「じゃあ最後までいこうな……」

伍郎は一気に指のスピードを速め、麻美を追い上げ始める。

「ああああん、奥がいい、奥が気持ちいいのう、ああん」

麻美も見事に反応し、切羽詰まった声でよがり続ける。

腰が激しく上下に動き、仰向けの身体の上で、柔らかい乳房が波を打って踊った。

「ああん、もうっ、あああっ、だめになるうう」

よがり声も一段と激しくなり、ほとんど絶叫に変わっている。

だらしなく開かれた小麦色の脚がヒクヒクと震え、指が出入りする秘裂から愛液が飛び散った。

「ひあああ、もうだめっ、イク、イッちゃう」

一際大きな声と共に、麻美の全身が震えた。

「イクううう」

両の太腿が激しく痙攣を起こし、背中がこれでもかと弓なりになる。

同時に伍郎の指が入る膣口の上から、ビュッと一筋の水流が吹き上がった。

（潮……吹き……）

アダルトビデオなどで見たことはあるが、雄太もこの目で見るのは初めてだ。

潮は麻美の身体が引き攣るたびに吹き上がり、ベッドに敷かれたバスタオルを濡らしていく。

「ああっ、いやああ、何これ、ああん」

どうやら麻美も潮を吹くのは初めてらしく、大きな瞳をさらに見開いて狼狽している。

「大丈夫、自然な現象だ。そのまま身を任せなさい」

伍郎は指を休まずに前後に動かし続ける。

「はああん、ああっ、だめ、ああん、止まらない……ああん……」

水流は何度も吹き上がり、バスタオルに巨大な染みを作ったところでようやく止まった。

（あんなにたくさん……）

驚きのあまり雄太は目を剥いたまま、肉棒をしごくのも忘れていた。

「あ……ああ……」

麻美は放心状態で、自分の中から吹き出たものが作った染みを見つめていた。

「タオルを交換するね……」

伍郎が声をかけても麻美は頷くのが精一杯で、肩を支えてもらってようやく身体を起こした。

「少し休憩しよう……」

全裸のままベッドに横座りの麻美の肩に、別のバスタオルを掛け、伍郎はこちらを向いた。

「出てこい、雄太っ」

そして、いきなり叫んだかと思うと近くに置いてあった、伍郎が座って施術をするときに使う丸イスを蹴飛ばした。

イスの脚には車輪がついていて、床を猛スピードで滑って、物置のドアにぶつかった。

「はい……」

小さな声で返事して、雄太は逸物をズボンにしまい、物置に置いた脚立を降りた。

「ゆ、雄太……」

白衣姿の雄太がドアを開けて外に出ると、麻美は驚き、慌ててバスタオルで身体を隠した。

「何をやっとるんだ……お前は……」

伍郎の言い方は怒っているというよりも、あきれている感じだ。

「ごめん……どうしても気になって……」

ゲンコツをもらうのも覚悟の上で、雄太は頭を出した。

「仕方のないやつだ……じゃあここからはお前が施術をしろ、雄太」

てっきり拳を振り上げるものと思っていた伍郎から出たのは意外な言葉だった。

「えっ……」

驚きのあまり雄太は、口をぽかんと開いたままだ。

「麻美ちゃんのことが好きなんだろ……お前は……」

伍郎はベッドの上で、身体の前にバスタオルをあてている麻美をちらりと見た。

「ならお前が気持ちを込めて、麻美ちゃんをイカせてリラックスさせてやれ、あとは別に指でなくても構わん」

優しい笑みを浮かべて伍郎は言う。

子供のころ、雄太をよくかわいがってくれたときと同じ目だ。

「でも……」

「馬鹿もん、好きな女のために頑張るのが男だろう。じゃあな、ワシは帰る」

伍郎は背を向けて右手を挙げると、さっさと裏口から出て行った。

「どうして覗いたりしたの、雄太」

二人きりになったあと、少しの間二人は黙り込んでいたが、先に麻美が口を開いた。

「ごめん……どうしても気になって……」

うなだれたまま雄太は言った。

伍郎は最後はお前がやれと言ったが、とてもそんな雰囲気ではない。

下手をすれば麻美に軽蔑されたかも知れないのだ。

「あんな姿を見られて恥ずかしくて死にそうだよ……」

顔を真っ赤にして麻美は言う。

「お祖父さんにあんなに感じさせられてイッちゃって……その上、お漏らしまでしたんだよ、もう私のこと嫌いになったでしょ」

乳房を隠しているバスタオルを顔に当てて、麻美は声を詰まらせた。

淫らな自分を見た雄太が愛想を尽かしたと彼女は思っているのだ。

「違うんだ麻美……俺っ」

とっさに雄太はベッドに横座りの麻美に駆け寄って抱き締めた。

「心配だったのは本当だけど……俺……麻美が祖父ちゃんに感じさせられているところを見たかったたんだ……」

「えっ……なに言ってるかわかんないんだけど」

突然、そんなことを言われても麻美がぽかんとなるのは当たり前だ。

「お前が祖父ちゃんに特別マッサージを受けていたと聞いた時から、ずっと興奮が止まらないいんだ……」

雄太はもう隠すことなく、いくらいけないと思っても麻美が祖父によがらされるところを想像し、性欲を昂ぶらせていたことを話した。

「ふーん……それで興奮したの」

今にも泣きそうな麻美だったが、冷静さを取り戻したのか、いつもの少し冷めた感じの彼女に戻っている。

「それは……まあ……ここを見てもらえれば……」

白衣のズボンのファスナーを降ろし、雄太は逸物を剝き出しにする。

麻美がエクスタシーに達してからずいぶんと時間が経っているのに、逸物はまだはち切れんがばかりに勃起したままだった。

「私が他の人で感じてるところを見て、こんなにしてたんだ」

目の前で反り返る肉棒を握り、麻美は揺さぶってきた。

「すまん……うう……」

指で少し刺激されただけで声が出てしまうほど、怒張は昂ぶりきっていた。

「変態……」

「すまん……」

何も言い返すことが出来ず、雄太は詫びるばかりだ。

「しょうがない人だね、君のご主人様は……あふ……」

意味ありげな笑顔で麻美は言うと、バスタオルを捨て、目の前の亀頭を唇で包み込んできた。

「あふ……んん……んん」

そのまま、大胆に亀頭を口内に誘い、舌を絡みつけてしゃぶり始めた。

「あうっ……麻美……どうして……くうう」

射精寸前だった肉棒をねっとりと吸われ、雄太は膝が震えて、立っているのがやっとだった。

「あふ……だって……んん……自分の意志じゃどうにもならない雄太の性癖なんでしょ……だったら仕方がないじゃん……んん……」

いったん唇から肉棒を出し、ぎこちない舌使いで亀頭を舐めながら、麻美は微笑んだ。

「麻美……ありがとう……」

彼女の優しさに雄太はもう泣き出しそうだった。

昔から感じていたが、どちらが年上なのかわからないくらい、麻美は広い心で雄太を包み込んでくれる。

「そのかわり……ちゃんと最後までしてよね……」

真っ赤になった顔を横にそむけて、麻美は消え入りそうな声で言った。

「おうっ」

恥ずかしがりながらも求めてくる麻美に大きく頷き、雄太は自分でも信じられないようなスピードで白衣を脱ぎ捨て、全裸になった。

「いくぞ……」

股間にいきり立つ巨根を反り返らせて、雄太はベッドに乗る。

「うん……雄太……今日は中に出してもいいよ……」

少し汗ばんだ顔を向けて麻美は言う。

ベッドの上で横座りの身体の前で、たわわな乳房がピンクの乳頭とともに揺れる姿がなんともセクシーだ。

「馬鹿言うなよ……これ以上俺を無責任男にするな」

「ちゃんと自分の周期は管理しているから大丈夫だよ。これでも現役だし」

ずっと大会に出ていなかったことを自虐的に言って、麻美はぺろりと舌を出した。

休んでいても、ちゃんと自分の身体の管理はしているということだろう。

「わかったよ」

雄太は頷いて、麻美の両膝の裏に手を持っていき、小柄な身体を担ぎ上げる。

そして、そのまま自分はベッドに胡座をかいて座り、麻美の身体を膝に乗せる形で挿入を開始した。

「きゃっ、何するの？　ひあっ、ああん」

いきなり身体を持ち上げられて戸惑う麻美だが、対面座位で挿入が始まると、背中を震わせて喘ぎ出した。

「このほうが麻美の顔を近くで見られるからな」

両腕で支えた彼女の身体を、ゆっくりと下ろしていく。

「ああっ、雄太のスケベ、ひあああん、あああっ」

すでに充分過ぎるほど濡れていた媚肉は、雄太の巨根もあっさりと飲み込んでいく。熱く溶け落ちた粘膜が、亀頭に絡みついてグイグイと締め上げた。

「奥まで入るぞ、麻美……それっ……」

特に焦らしたりはせずに、雄太は力一杯に怒張を突き上げた。

肉棒がずっと射精寸前のままだったので、テクニックを使う余裕などなかった。

「はああん、ああっ、この前より、ああっ、奥に。くうん」

彼女のほうもマッサージで肉体は燃えさかっていたのだろう、野太い亀頭が少々乱暴に食い込んでも見事に反応している。

「ああ、あああん、すごい、あああん、いいよ、雄太あ、ああっ」

膝の上の腰をくねらせて、麻美はひたすらに喘ぎ続けている。

突き上げのリズムにあわせて、巨乳がユサユサと上下に弾んでいた。

「あ、ああっ、雄太、ああっ、私の中、ああん、いっぱい」

大きな瞳を妖しく潤ませ、唇を半開きにしたまま麻美は見つめてくる。

普段は可愛らしい八重歯も、今はやけに淫靡に見えた。

「お、お前の中、すごくいいよ、ああ……」

激しいピストンを繰り返しながら、雄太も虚ろな声を上げた。

媚肉がこれでもかと亀頭を締めあげるたびに、頭の先まで快感が突き抜けていく。

「ああっ、雄太、好きよ、くうう、あああん」

「お、俺も、好きだ」

二人はしっかりと抱き合って、唇を重ね、舌を求める。

ヌチャヌチャと音がするほど、舌同士が絡み合った。

「ああっ、雄太っ、私、もうだめかも、あああん」

雄太の膝の上で、肉感的なヒップをくねらせながら麻美はかすれる声を出した。

「くうう、俺もだ、麻美、くううう」

快感に顔を歪めながら雄太は答えると、ピストンのスピードを上げていく。

「ああん、雄太、ああっ、一緒に、ああん、気持ちいいよ、雄太あ」

もう顔全体を蕩けさせ、開き放しの唇の奥にピンクの舌を見せながら、麻美は喘ぎ続ける。

淫女の顔を見せる麻美に、雄太はさらに心を燃やし、肉棒に力を込めた。

「ああっ、ああん、もうだめ、ああん、イク、イクうう」

そしてすぐに麻美は背中を大きくのけぞらせ、絶頂に向かっていく。

彼女の激しい動きにあわせ、二つの巨乳が千切れるかと思うほど、舞い踊った。

「イクううう、はああん」

ショートカットの頭をがくりと後ろに落とし、麻美は全身を震わせた。

「ううっ、俺も、出るよ、くううううっ」

同時に強く締めつけてきた媚肉に屈し、雄太も限界を叫ぶ。

彼女の最奥で怒張が脈打ち、精液が子宮に向けて放たれた。

「ああっ、すごい、いっぱい来てる、ああん、私の中に……」

恍惚とした顔で麻美は、何度も続く雄太の射精を受け止めている。

(気持ちよすぎる……ほんとうに好きな人とのセックスって、最高だ……)

身も心も溶ける思いで精を放ちながら、無上の快感に雄太は酔い続けた。


「おめでとう、麻美……」

大会が終わった夜、雄太は花束を持って麻美の部屋に突撃した。

整骨院の仕事があったのと、雄太がいるとさらに緊張するから来ないでくれと麻美に言われ、観戦には行かなかった。

ただネットでの中継があったので結果は知っている。

麻美は二位以下に大差をつけ、見事な復活を果たしていた。

「ありがとう……」

花束を受け取りながら、麻美は満面の笑みを見せる。

こんな顔の彼女を見るのも久しぶりだ。

「また大会に出るんだろ」

麻美の部屋の畳に座りながら、雄太も笑顔で言う。

とにかく、彼女が復活出来たことがなにより嬉しかった。

「そうだね、やっともう一回、スタートラインに立てたって感じだよ」

「だな……」

これからはハイレベルな者同士の生き残り競争が始まるのだ。

岬や優美のように、麻美がトップに立てるのかは雄太にもわからないが、悔いを残さないようにやって欲しかった。

「で……麻美……また大きな大会があるときは祖父ちゃんの特別マッサージを受けるのか？」

興奮に鼻息を荒くしながら雄太は言う。

我ながらおかしいとは思うが、ドアの隙間から覗いた麻美の潮吹き姿を思い出すたびに、肉棒が勃起する。

「なによ、この変態っ」

幼なじみで付き合いが長いからか、麻美はすぐに雄太の歪んだ興奮を察し、唇を尖らせて鼻の頭を摘まんできた。

「痛《い》ててて」

かなりの力で鼻を捻り上げられ、雄太は涙が出そうになった。

「まあ……でも、雄太がいいのなら、またお祖父さんにしてもらおうかな」

舌をぺろりと出して、麻美は笑った。

その瞳は妖しく輝いて、なんとも淫靡な感じがした。

（しょせん男は女には勝てないって、本当だな、祖父ちゃん……）

伍郎に言われた言葉を思い出し、雄太はほくそ笑んだ。


（了）

※本書は2014年3月に小社より刊行された
『たかぶりマッサージ』を一部修正した新装版です。

たかぶりマッサージ〈新装版〉

〈長編官能小説〉

2020年6月23日初版第一刷発行

著者……………………………………………… 美野 晶

デザイン…………………………………………小林厚二

発行人……………………………………………後藤明信

発行所………………………………………株式会社竹書房

〒102-0072　東京都千代田区飯田橋2－7－3

電　話：03-3264-1576（代表）

03-3234-6301（編集）

竹書房ホームページ　http://www.takeshobo.co.jp

印刷所……………………………中央精版印刷株式会社

定価はカバーに表示してあります。

乱丁・落丁の場合は当社までお問い合わせください。

ISBN978-4-8019-2284-6 C0193